U0135863

文學新象 124

監獄飯店

夏・卷一

プリズンホテル〈1〉夏

淺田次郎◎著
吳函璇◎譯

文學新象 124

監獄飯店：夏・卷一

プリズンホテル(1)　夏

作　　者：淺田次郎
譯　　者：吳函璇
總 編 輯：林秀禎
編　　輯：黃威仁、陳靜修
出 版 者：英屬維京群島商高寶國際有限公司台灣分公司
Global Group Holdings, Ltd.
地　　址：台北市內湖區洲子街88號3樓
網　　址：gobooks.com.tw
電　　話：(02) 27992788
E-mail：readers@gobooks.com.tw（讀者服務部）
pr@gobooks.com.tw（公關諮詢部）
電　　傳：出版部（02）27990909　　行銷部（02）27993088
郵政劃撥：19394552
戶　　名：英屬維京群島商高寶國際有限公司台灣分公司
發　　行：希代多媒體書版股份有限公司/Printed in Taiwan
初版日期：2009 年 5 月

國家圖書館出版品預行編目資料

監獄飯店：夏・卷一/淺田次郎著 ； 吳函璇譯 -- 初版. -- 臺北市：高寶國際出版發行, 2009.05
面； 公分.—（文學新象； TN124）
譯自：プリズンホテル (1) 夏

ISBN 978-986-185-299-7(平裝)

861.57　　98005409

深山溫泉紫陽花飯店導覽

注意事項

一、本館已做好萬全的資訊收集，但若警察突然前來搜索，或有突發的肢體衝突，請保持冷靜並聽從本飯店人員的指示。
二、本飯店的客房房門皆使用鐵板，窗戶的材質也爲防彈玻璃，敬請安心住宿。
三、貴重物品將由櫃檯負起全部責任保管。
四、若是發現被逐出組織者，或是不同家系等可疑人物，請儘快與櫃檯聯繫。
五、請道上的客人不要在飯店內的大廳或是走廊搏感情。

經理

3F
EV
301 特別客房 富士見
私人室
318 319 320 324 325 326
302 杉 303 楓 304 檜 305 306 307 308 309 310 311 315 316 317

2F
EV
浴室
配間
私人室
215 216 217 221 222 223
201 特別客房 紅葉
202 菊 203 萩
挑高樓梯
經理室
204 205 206 207 208 212 213 214

1F
EV
員工休息室
卡拉ＯＫ包廂
廚房
辦公室
櫃檯
玄關
大宴會廳
大浴池天堂之湯
乘車處
露天浴池
N

1

「連你都被人們叫作老師了呢。所以我就是蓋了一兩間度假飯店，也沒什麼好驚訝的吧。」

——仲藏頭目對著乖僻小說家說道。

結束枯燥乏味的誦經後，與會者們在住持的帶領下往墓地走去，此時我一把抓住富江的領子，將她拉到正殿外的走廊。

若不是身在寺廟，又正逢父親第七年忌日，富江早該被我毆倒在地了。

自小時候起，我就一直詛咒這個與自己年齡相近的繼母。對她的恨，不論如何痛毆都不會消滅。

這樣聽來，我似乎就如那千篇一律的辛酸故事一般，自小到大都受繼母欺負。然而實際上，富江並沒有欺負繼子的行為。

富江既沒用又遲鈍外加醜陋，看起來比真實年齡至少老上十歲。但其實她只跟我相差一輪，今年也不過四十七，相貌卻像是六十的老太婆。

這一點也不誇張。之前出版社的人到我和富江居住的公寓時，每個人都認為她就是我的親生母親，因此可以證實富江外表之衰老並非只是我個人的認定。

富江原本在老爸鎮上的小工廠裡當女工兼幫傭，雖然我不清楚她和老爸之間的互動是如何，但後來富江成為了老爸的續弦。當時我九歲，因此富江大概是在二十歲左右進門。

可是在那時的我看來，富江好似年過三十。大概不論誰都會這麼認為吧！

濃濃的東北腔、斜視、不施胭脂的臉，富江總是穿著尺寸跟我和父親一樣寬大的褲子。我曾經穿錯她的褲子到學校去，到小便時才發現，當下那股強烈的厭惡感真無法用言語表達。這個年幼時代的心靈打擊令我一輩子也無法忘記。

自那之後，我將所有發生在自己身上的災禍都歸咎給富江。更正確點講，是就這麼確定了。從正殿的走廊可以望見和庭院相連的停車場。在繡球花籬笆的包圍下，仲叔的白色自小客車更顯醒目。

「為什麼把叔叔也叫來？」

我豎起拇指到高過肩膀，一面指著車一面向富江責問。富江斜視的眼睛像是古早的橡膠玩具般不知所措地轉動，稍微思考該怎麼說後，才小聲地回答道：

「因為就只剩仲藏先生這個親戚，我想如果只有非親屬的人來參加不是很體面……」

「不體面的是指妳自己吧。」

我用拳頭在富江的額頭上敲擊著，說道。「況且現在也沒有人在辦法會，妳根本是想找個好理由來開工廠的同事聚會嘛。」

「阿孝，我並沒有這種打算，畢竟大家都受過爸爸的照顧……」

仲叔的車邊有兩個像混混的年輕人，一個正擦拭著車子，另一個看起來較年長，正在講手機，感覺在商量什麼勾當。

「算了，不跟你計較。但是，父親的遺言有交代，絕對不能跟那個仲叔來往。他以前也常說，哪怕是有血緣關係，黑道就是黑道。」

「可是仲藏先生已經上了年紀，也是阿孝唯一的叔叔吧，所以……」

「妳啊！」我出聲打斷富江那沒完沒了的話題。富江居然反駁我。我抓住她只到我胸部且佈滿斑點的脖子，說：

「話說回來，我記得妳不是有高血壓嗎？哪，我看就掐住妳的脖子，早點讓血管爆了吧，老爸還在等著妳呢。」

「別這樣，阿孝。」富江躲開的動作一點女人味都沒有。

「阿孝，你不是都沒來掃過墓嗎？也從沒到佛壇前上過香……」

「那又如何？我可是為工作忙到晚上也沒得睡，哪來那種閒工夫。」

「可是，供奉的話……。」

「能有一份好工作就是最好的供奉了。我拿到新人獎時，老爸不也顯得很高興嗎？說什麼以後什麼都不做也沒關係，不用來探病、不用帶狗去散步、不用娶老婆、不用吃飯、最好是連廁所都不用上，只管拚命寫小說拿個文化勳章回來就好……話又說回來，這跟仲叔有什麼關係？」

「仲藏先生每個月都會來掃墓，他一直都代替阿孝守著爸爸的墓碑。」

此時我腦中浮現出「多管閒事」四個字，並且很確定是用王羲之風格那般氣派的筆跡寫著。

「阿孝，因為我知道你討厭仲藏先生，所以才一直沒有講，對不起。」

我抱著胳膊仰望天空，像是表達「幹嘛這麼多事」般嘆了一口氣。

「那也是仲叔他自願的吧！我可不覺得那是出自於情義。聽說他年輕的時候盡給老爸添麻煩，來掃個墓是理所當然啊。況且，我不會因為沒有家人而感到困擾。真要說的話，牽強經營的親戚關係才是天大的笑話。」

富江束手無策般用雙手蓋住了臉，我則因她粗糙的手指而呆住了。

一瞬間我回想起一件討厭的事——母親拋下了我和老爸，跟工人私奔。我已忘了她的臉，卻記得她有著修長而美麗的手指。老爸的手是粗獷如工匠，母親和我的手卻很相似。

看著富江關節凸出的粗短手指，我鮮明地感到醜陋是一種罪惡。

「我們父子兩代被你纏住就已經很倒楣了。」

話一出口，就連自己都佩服這從未出現過的佳句。語言這種東西，就是要這樣簡潔且震撼。要不是富江娘家已無任何親屬，這句話肯定就足以讓她回鄉下去了，我如是想。

富江思考了一下——因為我說話速度快，她若不逐字逐句去想就沒辦法理解——只見她從那不合身的喪服袖子裡掏出手帕，在寺院內以幾可製造回音的聲響擤著鼻涕。

「如果阿孝把我當成眼中釘而這樣說，我也無可奈何。可是，這樣子說仲藏先生……再怎麼也是有血緣的叔叔……是吧？阿孝，至少去跟人家打聲招呼。我拜託你，就當作是代替死者致敬……」

「還輪不到你來命令我。」

當我正要往富江的頭敲下，忽然察覺到仲叔從走廊盡頭的繡球花叢冒出來，不禁嚇一跳，抬起頭來看他。

那就像戲劇中常有的場面，一名演員躲在佈景的暗處，然後突然現身。

仲叔走了幾步後，彷彿突然注意到有人一般，轉身朝向走廊，那動作也像極了在演戲。

「喲，阿孝，因為一直等不到你所以我就先上香囉。」

富江用腳尖頂了頂我的腳踝，且愈頂愈大力，最後我索性往旁邊看去。

仲叔順著我的視線，仰望著寺院內那排杉樹。為了不讓氣氛顯得尷尬，他開口說道：

「阿孝寫的書真的很有趣，尤其是黑道的那本，感覺你很用心哪。」

此話一出，原本是要緩和氣氛卻弄巧成拙，只見仲叔說不出半句話。

當時出版社要求我寫一部以黑社會為題材的小說，結果大受好評。看來仲叔應該也察覺到了，我從小看他們做過的各種勾當都成了小說重要的資料來源。

「啊，是說〈道義的黃昏〉系列吧。裡面述說沒有達成特攻任務[1]的一群小混混，在戰後做盡各種喪盡天良的事，來讓自己爬到更高的地位。那個啊，其實是用叔叔你當參考的喔！」

富江一聽到馬上抬起頭，仲叔則張大嘴直直看著我。

看著這樣的反應，我可以確定他們兩人都是我小說的忠實讀者。畢竟在〈道義的黃昏〉中的主角一點也不像傳統設定的主角，而是把道義人情當作比屁還不如的大惡人。

原本並不是專要寫仲叔，但他過去待在特攻隊時沒有死成，退伍後成為黑道卻是實情。

「……哎呀，那還真是我的榮幸啊。不過真的是很有意思呢，每個登場的角色都栩栩如生，想必阿孝不用多久就可以拿到直木賞了吧！」

---

1 指二次大戰中日軍所編列，以同歸於盡的方式進行攻擊的空軍。

對一個小說家來說，被人稱讚作品寫得好就像被人稱讚自己的孩子很優秀，於是不知不覺中，我和仲叔聊了起來。

「托您的福，這次還會拍成電影。過一陣子就要殺青了，預計秋季就會上映。」

「哇！」仲叔的臉上浮現驚訝的表情。我看過好幾個人，拿出小說給他們看時一副不屑的樣子，但一聽到拍成電影馬上就露出吃驚的表情。當然這跟小說的評價一點關係都沒有，但無疑的，以宣傳自己來說效果十分良好。所以我現在每次見到人，都故意自誇地宣傳電影的事。

「下個月有試映會，要來嗎？我會跟大家介紹說『主角就是參考這位喔』這樣。」

對於我無心的提議，仲叔只是「不了，不了」地揮揮手，還偷偷瞄了一眼富江。

「阿孝，過來這邊一下吧？」

仲叔邊跨出步伐邊說道，富江則輕輕推了我的背一下。

我雖然不想聽仲叔提起什麼麻煩事，但是他都邀我了，這下子也不好拒絕。我在身體四周拉起了警戒線，下了走廊。

「妳在發什麼呆啊？還不快去上香！」

我回過頭對富江命令著。富江像是顆作工粗劣、滿是補丁的小皮球般，朝著後山墓地混去。

仲叔不耐煩地抽著菸，坐在葉子茂盛的紫藤花架下的陶椅上。

雖然是小父親兩歲的弟弟，但兩人卻毫無相似之處。父親為人寡言耿直，一如圖畫中描繪的工商業區的工匠，一年到頭都是同樣的姿態，製作棉毛的襯衫、四角褲和汗衫。棉毛一詞早就沒人在用了，但應該就是指現在做內衣用的棉布吧。四角褲變成三角褲，襯衫從U領變成V領，在這變化的過程中，棉毛這無法通過時代考驗的名詞也就被淘汰了。然而，父親製作的襯衫和褲子，很顯然還是要用「棉毛」來稱呼吧。

升上國中時，開始有了小大人樣子的我穿起了彩色小短褲，但被父親說「穿那種內褲以後會生不出小孩的啦」，隨後被拿去丟掉了。至今我都是穿工廠留下的多達五箱的遺物。

父親所做的衣物應該稱為「父親的作品」。非常耐穿且觸感很好，所以我大概到死都會一直穿著誇張地印有「東神田木戶服裝謹製」等青色字樣，外加褲頭高到令人討厭的四角褲吧。

儘管如此——我目不轉睛看著這個和父親一點都不像的叔叔的外貌打扮。

儘管如此，這世上居然會有對兄弟給人的印象如此不同。和父親的耿直完全相反，仲叔那張臉不論到了幾歲，總會散發出一種男性的魅力。他那張臉，自然而然述說著他過去如何不務正業和極盡享樂。

他戴著金框的太陽眼鏡，臉頰上有一道長長的舊疤。光看襯衫胸前口袋上用英文字母繡的名字，就可以想像仲叔喪服下穿著怎樣的衣服。

「來，坐吧。」仲叔用不符合他年紀且磁性莫名的聲音說著。

「請問有何貴幹？」

「貴幹？——」仲叔對我冷淡的措詞方式顯得有些意外，接著說道：

「也不是真的有什麼事……我說阿孝啊，雖然我不是故意要對你說教，但是你叫富江的時候總是妳來妳去的，你覺得這樣別人會怎麼想？」

「那麼我應該如何稱呼她?事到如今難不成要喊她一聲媽？」

「哎呀……小說家的邏輯還真是不按常理啊。不過我還是希望阿孝不要再用妳來稱呼她，畢竟那通常是叫比自己輩分低的吧！」

「啊，叔叔是說這個啊，不過我其實是下面加一個心用『您』來稱呼的。」

再怎麼說我可是靠文字混飯吃的，要扯歪理我可是很有自信。

只見仲叔嘆了一口氣，用帶有威嚇的斜眼盯著我，彷彿在說：「因為你是靠這混飯吃的吧，所以你充滿了自信。」

「你的眼睛像隻兔子似的……看來是工作過度吧，阿孝。那些藉口就先算了，但再怎麼說你也吃富江煮的飯二十幾年了，多少放尊敬些吧。」

「那是黑道的道理。」

我的話就像緩緩秀出的匕首，剜在仲叔的胸口。

一瞬間，仲叔顯露出即便他突然遇到刺客也不會有的驚慌神色，擺出應戰的架勢。

我們瞪視彼此一段時間，然後才把目光慢慢移回寺院內，同時吸了一口氣。

「算了，就這樣吧。倒是我要跟你說……」

「咦，不是要說我跟富江的事嗎？」

「那當然，那種會讓叔姪不愉快的小事就別提了吧！」

「可別突然說出什麼奇怪的話來喔，像是要介入我的生活之類的。啊，我知道了。是要我寫傳記吧，像是〈最後的俠義之士——木戶仲藏傳〉。真是的，要是我跟黑道拿錢來杜撰傳記的話，那可是會成為我的污點。我嚴正拒絕，即使買下一萬本我也拒絕。」

仲叔的眼睛在有色鏡片後笑了笑。

「……如果我買五萬本的話如何？」

「我拒絕，這不是錢的問題。」

「那就十萬本吧。」

「什麼！十萬本！那我可以再考慮看看。如果是二十萬本那我絕對會寫。」

仲叔張大了嘴哈哈笑著。

「你那世故的樣子還真是有遺傳到，剛剛你信念動搖的感覺就跟你家老頭沒兩樣。不過可惜阿孝，我要說的不是這檔事。再說也不沒到讓人寫傳記留下來的地步啦。」

突然間仲叔的語氣變得輕鬆，就像大笑時假牙脫落了一般。不過，這也許是因為他對我的防備終於卸下了也說不定。

一下子我腦中開始思考有哪些出版社願意出版二十萬本的書，結果卻只能期望落空卻放心地微笑以對。

「那麼，叔叔想跟我說什麼？」

「嗯，我蓋了一間飯店。」

「喔，賓館啊。」

「不是，我可是高級觀光飯店的老闆。有游泳池和網球場，是一間度假飯店喔。」

「度……度假飯店！」

「怎樣，很奇怪嗎？」

「奇怪，實在太奇怪了。叔叔居然是度假飯店的老闆，要是這還不算奇怪的話，世上也沒什麼不可思議的事了。」

「我說阿孝啊——」

仲叔的太陽眼鏡在陽光下發出反光，他把我從頭到尾仔細地打量。

「你這小鬼當年誇下海口說上東大易如反掌，結果連早稻田的第二文學部也落榜，甚至駿台預備校[2]都沒上。」

「呃，叔叔怎麼會……」

「我當然知道，你老頭以前說溜嘴的。說你這小鬼是從嘴巴生出來的，從你口中講出來的事啊，就是有一千件也中不到三件啦！」

「不，那個是因為……」

「然後因為沒有退路，突然跑去加入自衛隊。不知道該說是想法一百八十度大轉變，還是自

---

2 日本的知名升學補習班。

暴自棄，總之還真是非常可恥的手段啊。」

「叔叔你等一下，這樣揭人家的舊瘡疤，到底想說什麼？」

「好啦你先聽著。像這樣子會說謊的膽小鬼，卻不知什麼時候拿下了小說徵稿比賽的新人獎，書也一本本出版，還被叫作老師了呢。所以我就是蓋了一兩間度假飯店，也沒什麼好驚訝的吧。」

仲叔用銳利的眼神盯著我無言以對的臉，「更何況——我們可是有血緣關係呢。」

仲叔說的話實在太有說服力了。換做別人根本不可能將我的人生簡歷如此正確地說出來，而且讓人覺得回首過去再反觀現在，最不可思議的就是我本人。

瞬間，我望向停在繡球花籬笆對面的白色轎車。那是台有著金色標誌的賓士 600 SEL。

感到像是哽住似的，我清了清喉嚨。

「我懂了，那還真是恭喜。哈哈哈，人啊，就是要努力對吧？叔叔。」

「不，人哪，是靠運氣的——總之，看起來阿孝工作得也滿累的，要不來我這邊玩一玩？放輕鬆好好泡個溫泉，也可以活絡腦袋。」

不用泡溫泉，我的腦袋就已經活絡得不得了。

仲叔膝下無子，我和他又是這個衰敗家族裡僅剩的無能份子，沒有其他親人了。所以說——仲叔總有一天會撒手歸西，到那時我就是度假飯店的老闆了！

我踢飛寺院內的石子，跑到走廊邊的水槽，大口喝起水來。

雖然我聽過有的作家蓋了大如澡堂的豪宅，或是住在紐約的大廈，又或者出錢資助相撲力士等等，但是，還沒聽過有人成為度假飯店的老闆。

我突然感到眼前一片開闊。像我這種比起享受創作的過程，更愛做著美夢、等待成果的歪腦筋作家，這簡直令人大為狂喜。

洗過臉後，我那被水浸濕的眼睛看到仲叔從繡球花籬笆旁離去的背影。

仲叔的身影和他當年被父親拒絕借錢，一個人往都電街道走去時一模一樣，只見他微微低著頭大步跨去，一隻手輕輕揮著。

（絕不能跟那個仲叔來往。哪怕是有血緣關係，黑道就是黑道。）

父親的話突然在耳邊響起，我一下回過神來。

「我下禮拜會在，要是改變心意了就來吧。」

我儘可能用毅然的語氣朝著仲叔的背後說道：

「我可沒那個本事悠哉玩樂。」

「真是，連固執這點都跟你老頭一樣，那就看你高興吧。反正我就算沒有親人也沒什麼差啦。」

「我會用工作的名義去，所以請先幫我準備一間最好的房間，錢我是一定會付的。」

仲叔有點滅了興頭的感覺，停下腳步。

「還有我要把話先說在前頭，老爸的遺言交代說不可以和叔叔往來。」

仲叔臉頰上的傷疤在回頭時稍稍顯露，他輕輕點了點頭。

濕潤的風吹過林間。幾枝繡球花莖支撐不住花的重量，像是要遮蓋住仲叔細長的背影，一齊垂下身來。

「我那邊叫深山溫泉紫陽花飯店。如何，是個很符合季節的名字吧?木戶老師。」

2

「我現在要去旅行。如果想要一起去的話就到上野車站的翼之像前。我只從十點等到十點十分。」

——乖僻小說家留下的電話留言。

據文藝業界的謠傳，我是個乖僻的人。因為我聽到很多人都是這麼說的，所以社會大眾對我的評語應該也是這樣吧。

再怎樣惡劣的人，應該也不至於會直接聽到很多自己的負面評價。我會聽到是因為發生過這麼一件事。

有一次，我在某個出版社的會客室拚命校稿——也就是趕著完成最後的校訂。過沒多久，有個訪客和年輕的編輯走進隔板另一邊的房間。

他們一直持續著露骨的討價還價，談妥後突然我的名字被列在他們批評的對象裡。從那裝模作樣的語調可以知道，那位訪客是現在文壇掀起一陣旋風的年輕冷酷派文學作家。

「啊啊，木戶是吧。『道義的黃昏』真是寫得太草率了。說要寫到第六集，他到底還想寫什麼？你看嘛，在第三集原本被人射成蜂窩掛掉的殺手，居然還單臂單腳活著回來。這根本是神祕小說嘛，真是笑死人了。」

「不過只要提出建議，他馬上就會露出不悅的臉色。如果要他重寫，還會諷刺地改寫成純文學咧。像什麼橫衝直撞的小混混背後忽然下起傾盆大雨，突然開始講起哲學了呢。有時更糟的話還會用舊假名[3]啦，或者跑出五七調[4]的台詞來。」

「哈哈，還真是敗給他了。他真是乖僻的人啊，把人家說的話都視為帶有惡意。他該不是有

---

3 日本於1946年公佈了「現代假名」或稱「新假名」，其之前的就稱為「舊假名」。

4 指日本詩歌的格式，每五個音和七個音就會做斷句。

什麼童年陰影吧？像是曾經被有戀童癖的人侵犯過。」

說我乖僻的話我也認了，畢竟我確實是個急性子的人。而且我在自衛隊的時候也嘗到暴力的好處。人啊，用腦袋記東西不容易記住，但如果用身體就絕對不會忘。

接著，我下定決心把隔板踹開，一把握著桌上金屬鑄造的菸灰缸，跳進隔壁的會客室。

雖然對方看上去像冷酷小說中身強力壯的主角，通常這種貨色骨子裡都是軟綿綿的土佐日記[5]。一個作家的創作力來源就在於希望變成自己筆下的主角那樣，就像一絲不苟的我喜歡寫莽撞行事的流氓是一樣的道理。

「你講啥？有種再說一遍看看！」

結果我不禁把正在校稿中的台詞喊出來，還揮舞著菸灰缸。如我所料，看來是冷酷小說主角但事實上是土佐日記的對方，在一陣驚呼後開始亂竄。剛好碰上我正在校訂打架的場面，只能說他運氣太差。

當黑道作家把冷硬小說家追趕到牆角，準備給他最後一擊時，在隔壁另一間寫稿的時代劇作家察覺情況不對勁，便「來人啊！來人啊！」地叫人。

我被並非捕快的編輯們一湧而上壓制住。雖然事情並沒有鬧大，卻也沒想到這件事結果變成我對業界證明自己難搞的鐵證。

5　日本古代文人紀貫之以女性的角度及手法所寫的作品。

之後有段時間，不管我到哪裡都會聽到別人一直在談論這件事。也曾被別家出版社的人意有所指說「真不愧是寫黑道小說的哪」，令我陷入嚴重的低潮。

我確實有比較暴力的一面，但好歹也是個寫小說的，自然有比較纖細敏感的部份。什麼叫做「真不愧是寫黑道小說的」啊。每當我關起門來深思時，孤獨感便一點一滴累積在心底。

每次感到失落，連個可以吐苦水的親人都沒有，真令人感到很寂寞。

（也許真的就像那傢伙說的，其實我是個很乖僻的人——）

我決定前往仲叔的飯店、打包好行李時，忽然閃過這個念頭。

我和仲叔見面的話，一定又會製造不好的回憶。如果能夠有個可以讓我吐苦水、對我說些安慰話語，最好還能和讓我打上兩三拳發洩的傢伙一起去的話，這趟旅行應該會愉快多了吧。

但我不可能帶富江去，因為那樣就好像我接受了仲叔的忠告，在反省似的。

其實這沒什麼好煩惱的，碰到這種情況，我身邊還有一個適合的人選。

我一手提著波士頓包，一手拿起話筒。從語音信箱傳來清子照著使用說明書唸出來的聲音：「請在嗶聲後留言。」此時，我用專門對她使用、充滿高壓的恐怖聲音說：

「我現在要去旅行。如果想要一起去的話就到上野車站的翼之像前。我只從十點等到十點十分。」

這很像綁票犯的恐嚇電話，但我認為作為未知旅途的序幕是再適合不過了。

清子就是搭山手線來，從她的公寓到上野車站也需要約一個小時。如此推算，她趕不上指定時間的可能性非常高。那樣也沒關係。不過，清子還是會來吧。畢竟我可是每月付給田村清子二十萬元。

清子跟著我這個任性的男人三年，現在她身上已經顯現出訓練的成果了。現在的她，不論在何種狀態下都能夠馬上配合我的要求，一天二十四小時都處於備戰狀態。

舉例來說，清子即使只是出門到附近，也會攜帶有自動撥號功能的呼叫器，只為了能隨時接收到我這個主人突然發出的訊息，並馬上採取應對。

至於清子五歲的女兒，也可以先寄託在公寓附近一間可疑的托兒所。雖然她和患有心臟病成天躺在床上的母親同住，但萬一母親發作的話，也已事先在床頭放了一種叫做硝化甘油還什麼的，能夠立即見效的藥。此外電話機還設定了可以馬上叫救護車的快速鍵，偶爾區公所的居家看護人員也會來關心情況。

換句話說，清子充分利用生活保護法[6]的種種優點，讓自己能隨時配合我這反覆無常的男人。

這樣聽起來，清子似乎是集世界上所有不幸於一身的苦命女人。

然而事實上，這個連「自己過得很幸福」的客套話都不會說的清子，卻是一百個男人看到她，就會有一百個男人再回頭望的好女人。

6　針對貧困的弱勢家庭保障其最低限度的生活水平的法律。

講明白一點，就是一百男人中會有一百個想跟她交往。若是用花來比喻清子的美貌，比起大朵的牡丹，她應該是秀麗的百合。用過去的女演員來比喻的話，比起葛麗斯凱莉，奧黛莉赫本更貼切。

清子身上所纏繞的不幸，巧妙地讓人覺得別有風情。甚至接受生活保障看護的事實也為她增添了一分美貌。

當然清子的美並非來自於家世，或者教養、品味等等。她就像開在山谷雜草間不知名又不起眼的駑鈍百合花。

原本清子看來像適合開在郊區夜總會的廉價花，現在被我摘了過來。由於《道義的黃昏》系列大受歡迎，我一下手頭變得寬裕，就用每個月的薪水把清子據為己有。

以今天的行情來說，二十萬是相當划算的，對於一家三口而言是勉強可以過活的最低金額。當時清子正被重重不幸壓得喘不過氣，因此簽契約的時候，她有如用船帆把我視為帶來幸福的風滿滿接住。當然，因為這種供需的平衡，我們就很乾脆地用二十萬元達成協議了。

我會如此買下一個可憐的女人，不是因為迷上她，而是我另有打算。但並不是因為貪圖外表那種下流理由。

清子的前夫是流氓，在大鬧一場後被判刑入獄。當然我不認識那個危險的男人。重點是，清子有很長一段時間正是所謂的「流氓之妻」，因此深知江湖上的實際情況。而我就是想要她的那些知識。

要寫黑道小說需要龐大的「資料收集費」，而且還會有結下「孽緣」的風險。更何況除了要背負風險，取材的對象因為對媒體會有戒心，所以很多時候也不會說出真話。

以這點來說，清子就沒那麼聰明，像說謊或是虛張聲勢這種事，她根本不會。比如我問她：

「被塞珠子是怎樣的感覺？」

儘管會被討厭的回憶刺激，她還是會哽咽著說：

「那個其實對女人來說是很痛的，一點也不舒服。但是我也知道他是為了討好自己而這麼做，所以我就假裝很舒服……我求求你，不要再問我這樣的事情了……」

以上的例子只是顯現清子無知一面的冰山一角。每次問她問題都非常有趣。

換句話說，清子就是我的活字典。沒有人知道《道義的黃昏》裡進退兩難的真實感、正確的俚語，其實都是來自於這個不會說謊、自願上鉤的女人。

因此，不論精神面或經濟面都由我主宰的清子根本不可能違抗我說的話。

——謹慎起見，我再次檢查波士頓包中的物品。

每次讓富江準備出門旅行的物品，就一定會遺漏東西。果然，藥品類沒有備齊。安眠藥、胃酸中和劑、鎮定劑這三種是我的常用藥物，但少了一樣。

我大聲叫喚富江，只見她馬上從廁所跑過來。

「鎮定劑怎麼沒放進去？真沒看過像妳這麼遲頓又沒用的傢伙。」

「可是，阿孝你不是說那個藥已經不吃了嗎？……」

「妳啊！」我拿出收進手提包裡的日記本，用書角往富江的頭敲下去。

「我是因為待在家裡的時候比較穩定所以沒有必要吃，可是我現在面臨截稿，而且還要去見那個仲叔，沒鎮定劑怎麼行？還不快點拿來！」

「是。」富江答道，從餐具櫃的抽屜裡拿出兩包裝著綠色藥片的藥包。

「怎麼，妳本來打算藏起來的是不是？」

「不是那樣的，因為阿孝焦躁起來會像吃花生一樣一直吃。」

「總比我喝了酒發酒瘋，或是吃了毒藥就倒地不起好吧？」

我從富江手中一把搶過鎮定劑，放入波士頓包的口袋裡。

「你工作的用具可別忘了啊，像上次那樣打電話回來要我送過去，我根本搞不清楚哪個是哪個。」

稿紙、鉛筆盒、墨水、字典、資料本，我再次檢查來吃飯用的工具。當我最後把日記本收進去時，富江抬頭看著我的臉呵呵地笑了。那笑的方式就像書房外那棵茂盛的栗子樹上的葉片發出的聲音。

「有什麼好笑的？」

「因為阿孝就只有這個東西不會忘記嘛。為什麼總是帶在身邊呢？」

「因為不論重量還是硬度，這個日記本拿來敲妳或清子的頭最好用了。」

說完，我再次將日記本拿出來，往將頭髮髻在後面的富江的額頭重重敲下去。

「好痛——阿孝也會敲清子小姐的頭嗎？」

「會啊，只要敲一次就可以少吃一次藥，對身體很好。」

「你可別讓人家受傷啊，清子小姐可是有上了年紀的母親和年幼的女兒。」

我把富江打到一旁，只見她一屁股跌在沙發手把，整個人順著力道仰躺在沙發上。

「我知道啦，阿清還不像妳這樣知道怎麼防禦，我會斟酌的。」

「一路小心，晚上要好好睡唷。」

富江維持倒下的姿勢說道。

「妳也是啊，暫時可以好好睡大頭覺了吧。不會有人半夜把妳踢起來要妳煮拉麵還是咖啡的。總之，妳就先好好把覺睡足吧。」

一如往常，玄關放置著擦得亮如鏡子般的鞋子。我從鞋櫃裡拿出運動鞋套上，然後開始這次的旅行。

十點十分。

當手錶的秒針進入規定時間的最後五秒，人群中出現一個呼喊我名字的聲音。

那出場方式就像以前電影上演的那樣。奧黛莉赫本在終點站撥開人潮，尋找著情人的身影。其實我不知道是不是真有這一幕，但是清子的出現讓人有這樣的感覺。

清子美麗的樣貌很適合黑白電影。

「太好了，有趕上……」

清子說道，肩膀隨著喘息上下移動。看來她在山手線也是一路跑過來的吧。搞不好還跑到車廂最前頭抓住駕駛座：

「拜託你開快一點！」這樣大喊也說不定。

每個路過的人看到清子彷彿就像見到窮困的赫本一樣，然後往我瞪了一眼離去。

「要出門時美加有點鬧脾氣，對不起。」

「又是因為要去托兒所嗎？」

「不是，外婆說天氣變暖和了身體的狀況比較好，所以就把美加留在家裡。她現在已經可以一個人煮米飯，甚至還會做煎蛋捲了。」

「是嗎？妳教得很好嘛。這樣看來以後會是好太太，如果能快點學會洗衣服就好了。」

「……是啊，這都是因為你，不對，是因為托老師的福。」

「誰都可以，我就是不會娶流氓的老婆的。」[7]

「……」

「可是話又說回來，丟著小鬼和病患不管，而跑來跟男人旅行，妳也真是狠心的女人啊。」

清子停下了正在擦汗的手。我最喜歡看人露出這種表情的瞬間。就是一瞬間愣住，之後又努力平復心情裝沒事的樣子。不論是誰，這一剎那的表情都很美麗。

---

7 原文清子使用了あなた稱呼孝之介，這個第二人稱除了對平輩或晚輩，也用在夫妻間妻子稱呼先生的場合，所以孝之介才會如此回答。

「那個，請問是過一夜嗎？」

「天曉得？也可能是當天來回。」

「太好了，因為家裡沒有準備太多吃的。」

「又搞不好會到一星期。」

清子看著我，然後不知所措地回頭看向剛剛撥開的人潮。

「一……一個星期是嗎？」

清子的側臉顯露出束手無策的表情。我想，這一定會成為很棒的特寫照。

「放心吧，富江會準備三餐的。她沒什麼可取之處，就只有家務事很在行。不只煮得很好吃，甚至還會幫人計算卡路里。」

打破絕望的殼，清子臉上恢復了笑容。

「富江伯母嗎？」

「是啊，覺得我太多事嗎？」

「怎麼會呢？真是不曉得該怎麼謝謝才好——美加她很喜歡富江伯母，而且伯母對外婆也很照顧。」

清子的視線往下看，從我手中接過波士頓包。接過手的瞬間，波士頓包的重量讓她瘦小的肩膀往一邊傾斜。清子用兩手提在膝蓋前，看來就有著「歷盡滄桑」的感覺，接著恭敬地低下頭：

「真的很感謝老師這樣細心的安排。」

雖然自己不太好這麼說，但從清子的動作來看，真是讓人覺得她的男人緣怎麼會這麼差。

清子身穿我在早春特賣會時買給她的暗色系羊毛洋裝。雖然我很肯定她特地穿這件衣服來的誠意，但是以六月的天氣來講，光用看的就足以熱死人。

清子並沒有問我要去哪裡。根據我觀察她這三年的心得，這個女人並不會表達自己的意思，也就是船到橋頭自然直。

若這是她的處事態度的話則實在大錯特錯。在這弱肉強食的世界，若是將周遭的惡意都由自己來承擔的話，會有什麼下場——她就可以證明這點。她就是人生並非只要努力就可以獲得回報的最佳例子。

就連買車票的時候清子也兩手提著波士頓包，而不放到地面上，像個背後靈一樣站在我身後。不知是因為手痲了，還是肩膀支撐不住了，不時發出「唔唔」的壓抑聲。然而這樣她也沒有半句怨言。

真是自作自受，我如是想。

坐到綠車廂的位子上後，我簡單明瞭地交代清子一些她該知道的事：

我有一個叔叔是我唯一的血親，但因為他是混道上的，所以我其實並不太想跟他往來。我們現在要去那個叔叔經營的飯店，但妳只是以秘書的名義跟我一起去。絕不可以有逾越的舉動，也不可以說多餘的話，更不可以做出讓別人懷疑我們關係的事。

清子對每個注意事項都很認真地邊聽邊點頭，有段時間還看著車廂的天花板扳指頭數著。

那天是個梅雨剛好停歇、吹著涼爽清風的日子。列車一開動，好幾夜累積下來的雨滴，在車窗上畫下斷斷續續的斜線。

清子凝視著窗外，然後像是要拓展我的視野般，用洋裝的袖子去擦拭雨滴。這女人居然想擦去窗戶外的水滴。我對她笨到不行的舉動邊微笑邊感到無奈。

突然，窗外被不可思議的顏色點亮。我還以為清子的手開啟了奇景而眨動眼睛，只見在離我們不遠的堤防上，有叢生的繡球花飛逝而過。

「哇！好漂亮！」清子發出誇張的驚呼聲，然後展開雙臂抱住抓不到的花束。

3

「喂，你們幾個，
這位是今後要管理我們頭目飯店的經理。
先打個招呼啊！」

——掌櫃對剛泡完溫泉的客人說道。

花澤一馬從經理室的窗戶眺望初夏陽光照射的國境山脈。

接近山頂的岩石表面還殘留著點點白雪，是座險峻的山。從兩旁延伸出的重重支稜，讓溫泉町如同被強而有力的胳臂環抱一般，從三方被包圍了起來。

上任前我攤開地圖，看到從首都圈有方便的交通路徑連結到這，便想像這裡是繁榮的鬧區。然而實際抵達後，卻發現這裡根本是所有事物的終點，深山裡的鄉下村落。不管是新幹線還是高速公路，都對這地方視而不見地穿過。

位於貫穿國境山脈的隧道另一端的溫泉地，有在來線[8]的車站可以讓新幹線停靠，因而形成一個轉運點。和競爭對手驚人的發展相比下，我們這邊完全被搶走客人而顯得相當冷清。

這麼說起來，不知是不是我的錯覺，車站前面寫著歡迎光臨的拱門好像有點褪色，從剪票口走出來的也幾乎都是登山客。

而我所待的飯店位在離鎮上有段距離，一直往山裡去的溫泉源頭。那些老字號的旅館有的早已成了廢墟，加上眼前給人壓迫感的山巒表面，那份寂寥變得更加深沉。

看來這工作會很辛苦——花澤一馬大大嘆了一口氣，整個身體像洩了氣的皮球。

「經理」這個詞是他入這行後三十年才得到的頭銜。當花澤一馬從一流大學畢業時，國家正好進入經濟高度成長期。那時，許多企業都向他招手，他也不認為選擇進入觀光業是個錯誤。

8　指在同一區域內的新幹線開通前就存在鐵路線。

那時，花澤一馬進入的皇冠連鎖飯店集團以驚人的氣勢擴張事業版圖，將有歷史的傳統旅館業者趕走，沒多久就成為世界上擁有相當客房數、數一數二的連鎖飯店企業，在業界佔了一席之地。

當然，同期進入公司的人之中，不少人成為飯店經理各佔一方，或者晉升為總公司的主管。

花澤一馬從不認為自己能力不如人，甚至比任何人都更真誠地盡到飯店管理者的職責。

可是為什麼只有他坐冷板凳？

過去的一件火災事件，開啟了花澤一馬走下坡的飯店人生。

那是一個喝醉的客人在床上睡著卻忘了捻熄香菸，而造成的一件小事故。只是燒焦了單人房的天花板，沒有任何人員傷亡。然而事發當時，花澤一馬卻太過認真盡飯店管理者的職責。

那天他正好值班，基於職責他讓所有房客都到飯店外避難，並啟動整間飯店的灑水器，最後還叫了消防車。

結果赤坂皇冠飯店只為了一間客房所引起的小火災，而必須退還兩百六十位房客的住宿費，還得付替代住宿的飯店的住房費。再來，要為已投資了數億資金卻泡水的飯店大整修，在這期間當然是暫停營業。甚至五大報上面還刊了「赤坂皇冠飯店　半夜驚傳火警」這樣聳動的標題。

飯店業裡有兩個絕對不能犯的禁忌，就是「食物中毒」和「火災」。飯店業最怕這兩件事，然而花澤一馬的熱忱卻讓飯店的名譽掃地。

但是他依舊相信，當時若不採取這樣萬全措施的話，後果肯定會不堪設想。

因為這件事，花澤被各家連鎖飯店當成麻煩的皮球，在多間鄉下飯店之間一直被踢來踢去。簡直就像是歷代的人事主任在提出的文件當中寫著一項「關於赤坂失火事件責任者：花澤一馬的處分一事」，他一直在全國各地的飯店間遊走。

花澤經理在有扶手的椅子上坐下後，環視了一下豪華的經理室，然後對自己喃喃說道：無論如何，對方給我這樣一間氣派的辦公室，應該要說聲謝謝。

花澤一馬將手掌放在大辦公桌確認觸感，然後用內線撥打至大廳櫃檯：

「副經理在嗎？我是花澤。」

「請您稍等一下。」櫃檯回答道。從電話的這頭可以聽到些許的耳語交談：

「副經理是指誰……啊啊，是說掌櫃頭兒對吧？」

花澤不禁微笑。看來這間做了大整修之後變得極盡華麗奢侈的觀光飯店裡，還是用「掌櫃頭兒」這種方式稱呼比較方便。

雖然還沒有正式打過照面，但就以剛剛在大廳看到的年輕員工來說，應該是教導有方。不論是抑揚頓挫的說話方式，上長下短的髮型，還有在這悶熱天氣裡依舊整齊穿著長袖的襯衫，看來都是無可挑剔的櫃檯人員。

雖然員工給人的感覺有點笨拙，但這是他們感到緊張的證明。

「真的是很抱歉，掌櫃頭兒目前似乎是去廚房了。」

「那麼等他回來後請他來我這邊一下。還有，對同樣從事飯店業的人不可以說『真的是很抱歉』喔。」[9]

「呃？……是低。」

「不是『是低』，要說『是的』。」

「是、是的……」

花澤預計下午兩點開始，在大宴會廳集合所有員工進行上任演說。在那之前應該要先和黑田副經理打個招呼，花澤思考著。

不過這次的調職真的很倉促。

花澤當時在北海道二世谷山腳下工作，突然總公司的人事主任來了一通電話——這也不過是一星期前的事。聽到要立刻到東京，花澤心情不禁相當雀躍。

花澤幾乎每年都被調動，一路從北九州、北陸、山陰、離島，最後到積雪深厚、最北端的北海道，還真是能反映他的處境。而總公司改變態度下達來東京的命令，等於告訴了花澤不會再去到比二世古山腳更慘的地方了。

花澤連忙趕到東京，等待他的是在總公司最高樓層會議室裡的社長和所有一級主管。

在場所有人都對說不出話來的花澤一馬投以嚴肅的眼神，而在飯店業界享譽盛名的社長則邊看著人事審核表邊親自說明：

9　此指男性著西服正裝時繫在腹部上的腰帶。

「真的是好久不見了，花澤。自從那個赤坂失火事件以後——已經過了十年了吧。啊，我並不是想要再提起那些舊事。其實那件事情，讓我個人對你正確的判斷力和行動力感到佩服。也因為這樣，我才想讓你這樣的人才在各種工作環境多多磨練，就像是將玉慢慢琢磨那樣，讓你辛苦了這麼多年。接下來終於是要讓你上場了。我現在手上有個工作，除非是去過許多地方、許多觀光景點、知曉每種客人需求的專家，否則無法勝任。在這五星級飯店連鎖企業的所有員工裡，能夠受託這個任務的只有一個人——花澤一馬，就只有你了。——其實呢，在新幹線與高速公路都不會到達的地方，有一個已經蕭條的古老溫泉鄉，在那邊有間飯店。雖然那間飯店還沒有命名，但經營者也是我們公司的股東。好了，說到這裡，聰明的你應該已經知道了吧？今後我們要收購既有的飯店業者，以低風險高報酬的方式拓展事業，這就是我的計畫，因此首先要請你做個範本。當然不久的將來，就算誕生『深山溫泉皇冠飯店』也會繼續讓你做那兒經理。不對，要是這個計畫成功的話，就讓你回到總公司，坐鎮指揮在全國進行的相同案例。總而言之，你的學徒修行已經結束了。就讓你以背負我們公司的秘密武器之身分，到木戶仲藏先生那邊去吧，懂了嗎？」

——其實也沒有所謂的懂或是不懂。花澤一馬被榮光照到睜不開眼，他的眼皮背後浮現出過去一直被調派的辛苦日子，以及至今為止一直默默過著這種生活的家人臉孔。

之後，過了一個禮拜——花澤莫名的有種被敷衍感，接過命令後就赤手空拳前往「深山溫泉紫陽花飯店」就任。連謎樣的木戶仲藏股東以及黑田副經理都還沒見過。

然而，對每隔一年就會經歷臨時人事異動的花澤來說，這件事並沒有讓他感到奇怪。不論是不安還是疑惑，一點蹤影都沒有。

當花澤叫喚的黑田副經理整理好服裝出現在經理室時，花澤反射性地從椅子上站起來並擺出警戒的姿勢。

「你是誰！」

花澤如此喊道。

只見對方高大的軀體上，有著一顆約是一般人兩倍容量、理成和尚頭的大頭，而脖子被埋在發達的肩膀肌肉裡；淺黑色肌膚，如山壁般平坦的後腦杓還有像被熊掌抓過的傷痕。

「我是……黑田……」

被花澤問到是誰後，黑田笨拙老實地報上名字。那是會令玻璃窗產生共鳴的低沉聲音。

花澤經理吞了一口口水。

「你是……這裡的副經理？」

「是低，我受命擔任這一職。」

黑田向前傾身說道，他將手毛茂密的手掌撐在膝蓋上，用可怕的眼神向上看。

畢竟這裡是溫泉飯店，所以黑田那身藍染日式外套就先算了，至於畫在背上的古老家徽，花澤則不敢提及。兩邊的衣襟上鮮明地寫著「木戶會」，這到底是哪裡的品味啊？

「如您所見我只是個不成材的人，被稱作副經理實在是消受不起。還請喚我為掌櫃的。」

「啊，掌櫃啊。是嗎？叫做掌櫃嗎？剛剛真是讓你見笑了，因為總公司只告訴我副經理姓黑田。」

接著花澤經理邀請黑田參加迎賓式。

「不，我怎麼能去呢？身為一個掌櫃可不能跟您同座，還請不用費心。而且聽說經理您放棄在皇冠企業的高職，以援軍的身分跑來幫助我們……真是令人受寵若驚。」

「援軍……援軍啊……總之，這樣說也不算錯。老這樣站著也不能好好談話，先請坐吧，不用顧慮。」

「是低，那麼我就不客氣與您同坐了，不好意思。」

黑田笨重的巨大身軀陷入了沙發裡。不，說陷下去是因為他的體重讓人這樣覺得，事實上他伸直了背筋，像是古代武士穩如泰山般坐在摺疊椅上。

花澤經理一拿起菸，黑田就像是早就準備好一般，馬上拿出打火機點火過去。

「啊，多謝了。總之，能不能先把所有員工都集合起來呢？我想做個簡單的會面。」

「會面？……您是指拜會嗎？」

「啊啊，對。把手邊沒工作的人都聚集到宴會廳，大概有多少人呢？」

「是低，關於今天和經理的拜會，因為晚上老大也會來，所以一早開始所有人都在。男傭人有七人，另有女傭人十人及廚師五人。那麼，請問這樣可以嗎？」

「可。」

「好低，那麼我馬上將人集合到一樓的宴會廳。今天由於有旅遊團，所以先做個簡單的拜會，至於酒宴就擇日再舉行。」

黑田留下不知如何回答的花澤經理，離開了房間。

真是鄉下人，花澤心裡想著。

之前不論去到什麼地方工作，花澤都未曾體驗這麼強烈的文化衝擊。

若要掌握這間飯店，首先要跟奇怪的習俗奮鬥，還有那令人聽不下去的方言也必須習慣才行。

首先得把過去學到的身為飯店職員所必需的知識和技巧，一一教給每個人才行。這想必會是艱難的工程，但若要在這深山裡面揭開皇冠企業的皇冠標誌，就得先從這裡下手。

花澤轉向鏡子，調整蝴蝶領結、繫緊腰封，在心底如此發誓。

不多久傳來刺耳的雜音，花澤原本以為是警鈴，卻聽到黑田副經理如雷的聲音響徹整間飯店。

「全體員工注意！所有人員即刻到宴會廳集合！再重複一次，深山溫泉紫陽花飯店的所有員工請迅速到宴會廳集合！」

這到底怎麼回事？——花澤的臉青了大半。明明有這麼多房客在，居然還這麼旁若無人。

花澤經理努力做出身為飯店職員應有的樣子後，離開了經理室。

走廊的那些擺飾品格調也得做個調整。電梯旁唐突地放了一副鎧甲。面向後山的景觀窗邊居然擺著牛角、高舉著小槌子的大黑天[10]、巨大的彩繪陶壺，還有一些不知哪來的骨董雜亂放置著。階梯的轉角處明明不是古裝劇裡的衙門，卻有鋼叉、狼牙棒、梯子等等用來逮捕犯人的器具一字排開放在那裡。

「真是糟糕透了……」

走下中央階梯後，花澤忍不住小聲唸道。

階梯下方傳來客人喝了酒後的談笑聲，五、六個剛從溫泉出來身穿浴衣的房客爬上了樓梯。

花澤反射性地退到階梯轉彎處的一角並低下頭行禮。

但是客人們的笑聲突然都停止了。他們眼神中帶著不知是不是自己做了什麼不禮貌動作的疑惑，所有人整齊地在牆壁邊站成一排，讓出一條路。

「啊，各位客人您們先請。」

那些男人整齊地將身體向前傾，露出緊張的神情，眼睛直盯地上。

「這怎麼行？您先請。」

走在前頭的一個男子伸出手示意，但這樓梯並非狹窄到只能讓一個人行走。

（鄉下人啊。）

花澤再次感到一陣頭痛。看來燕尾服和標準語在這片土地上會給人相當的壓力。花澤努力堆

10 在日本象徵五穀豐收與財富的神明。

出謙遜的笑容，低下頭說道：

「我是飯店的人，所以各位客人先請。」

那些困惑地彼此互看的男人，每一張臉都十分有神，從浴衣顯露出來的胸膛可以隱約看到青色的刺青。

瞬間花澤經理想起玄關的告示板有個「關東櫻會大曾根家族」的看板，不禁打了個冷顫。

「既然你都這樣禮讓了，那麼我們也就接受你的好意，失禮了。」

男人們排成一路縱隊，邊傾身邊做出相撲比賽裡受獎者的手勢，從花澤的身旁走過。

（雖然曾聽說道上人都很注重禮儀，但還真是開了眼界。可是這些客人好不容易出來旅行卻沒辦法放鬆，得讓他們不用那麼拘束才行……）

花澤經理認真地思考了起來。

花澤走下一樓的大廳，果然看到了穿著藍染日式外套的中年小二，只見他在跟像是旅遊團幹事的兩位客人談論著迎賓式的事。

雖然像在討論今晚宴會的安排，但是小二的態度卻十分不尊敬客人。那名小二叼著菸又盤著腿，反觀穿著浴衣的客人卻顯露出驚恐，將背伸得老直。

「那麼是怎樣？四斗的樽酒和綜合生魚片喔？叫五、六個表演的來可以吧？不過啊，在這種深山裡所以年紀會大一點喔。」

小二揮著香菸的火，輕笑著。這到底是什麼態度？花澤經理整張臉變得蒼白。

「你，過來一下。」

突然從背後被人叫住，只見小二一臉被打擾一般，「嗄？」地轉過身來。

「不是說『嗄』的時候吧，我叫你過來一下。」

小二和客人先是用冷漠尖銳的眼神對著花澤經理瞪回去，但突然又像想起什麼地趕忙立正站好。

「剛、剛剛真是失敬了！」

「太失敬了吧，居然這樣對待客人。」

花澤對著不知為何也一起起身立正的客人低下頭行禮。

「真的是很抱歉，這都是因為我教導無方——請問，這位是幹事嗎？」

兩位客人互看一眼後回答：

「幹事？……是低，我是大曾根家族的幹事長……啊，糟糕，名片還沒給……」

客人還在浴衣袖子裡尋找名片時，花澤經理迅速地遞出自己的名片。然而中年小二卻強行將花澤的手推了回去。

「這可不行，就算大曾根家族和我們用著同樣的家徽，但地位還是不同的。像經理您就不能那麼快拿出名片。」

「你在說些什麼啊？還不給我差不多一點。」

小二似乎要把經理的話打斷，轉過身說道：

「喂，你們這些傢伙。這位可是我們頭目信賴的、受託管理這間飯店的經理，快點打招呼啊。」

花澤腦袋一片空白，客人們大聲地對他打招呼。

（居然對客人說『你們這些傢伙』？這到底是什麼道理？根本是主客顛倒了嘛！）

強烈的文化衝擊再次向花澤經理襲來。看來在這間深山的飯店裡，一般的待客常識完全派不上用場。

（不要急……絕對不可以心急。對了，那就從最基本的開始……。）

此時，一群女侍越過大廳朝宴會廳走去。看到她們十分正常的茄紫色和服及紅色腰帶後，花澤經理稍微鬆了一口氣。

然而當他回復平靜、試著擺出笑容，耳裡聽到的吵鬧聲卻又遠遠超出了常理。

（……塔加拉族語[11]！）

花澤經理陷入了恐慌，笑容也忽然凍結。

「那、那到底是什麼啊？到底是怎麼回事?!」

「是低。」中年小二用很不好意思的表情抓著頭。

「因為人手不足，一般的女侍都跑去山的另一頭了。她們雖然是不太一樣，但是泡茶、鋪棉

---

11 俗稱的菲律賓語。

被都難不倒她們。等到了晚上還會跳脫衣舞，可說是一舉兩得……」

「什麼一舉兩得，真是無法置信。照這樣，普通的客人根本不會來啊。」

「不，經理您不用擔心。」

「我怎麼可能會不擔心？」

「可是，所謂普通的客人根本就不會來我們這。」

小二意有所指地瞄了一眼，只見大曾根家族的幹事們不禁笑了出來，而隨即又低下頭去。

「換句話說，這裡是專門提供給那些不普通的客人的。您想想，這些年來不論哪間飯店都不接這種團體生意吧？所以我們在業界得到很好的評價。」

「等、等等。讓我整理一下狀況——這麼說來……噫！難道是專門提供給暴力集團的……」

「唔。」男人們把頭抬了起來。

「經理，對客人使用這種稱呼太不禮貌了。」

「咦？啊，是這樣啊。那麼應該怎麼稱呼？」

「能否請您說——俠義集團專用。」

「原來如此，那，都沒有所謂俠義集團以外的客人會來嗎？」

「不，也並非完全如此。偶爾會有旅行社弄錯的，或臨時投宿的，或者是看到可怕事物的……啊，您看，那邊就有了。」

歡迎光臨——帶著塔加拉語口音的日文響徹大廳。

一名看似心情煩悶的長髮男子環視著豪華的天花板，以及一個兩手提著看來很重的波士頓包的美麗女子走了進來。

那名心情煩悶的男子一站在玄關，眉頭便神經質地皺了起來，盯著花澤經理說：

「我是來自東京的木戶，請問仲藏叔叔在嗎？跟他說孝之介已經到了，當小說家的木戶孝之介。」

4

「我總覺得很奇怪。
欸，志保，這間飯店真的沒問題嗎？
希望沒有什麼不尋常的地方……」

——若林隆明先生對他的夫人說道。

這是個陽光強烈的下午。

在沒有車內廣播的告知下，一輛普通列車[12]打開了車門，將一對老夫妻在月台放下後，又冷漠地朝國境的山駛去。

若林夫人從洋傘下瞇起眼仰望夏日的萬里晴空，似乎感覺已經很久沒有這樣站在陽光下了。雖然陽光強烈地照在無人月台，但吹過樹木的風是乾冷的。

若林夫人像是不想被丈夫發現般做深呼吸，用蕾絲手帕擦拭頭髮盤起的頸背。

「喂，要走囉，不要發呆了。」

「好。」若林夫人將洋傘轉了一圈後回過身去，臉上盡是滿滿的微笑。像這樣幸福的心情，恐怕是生完孩子後頭一遭吧，若林夫人想著。

先生頻頻看著手錶，眼鏡下的嚴厲眼神也不時直直看著妻子。彷彿不論是陽光、風、秀麗山巒，這些景色都無法進入他的視野。

一瞬間，若林夫人沒有像平時一樣用小跑步跟上丈夫，因為他的樣子跟這裡實在太不協調了。

在夏日的太陽下，先生仍穿著暗色的西裝，緊緊繫著領帶，而且還提著老舊的黑色公事包——這種背影和高山車站的月台怎麼也搭不起來。

12　這裡普通列車指的是每站都停的電車。

「怎麼了志保？哪裡不舒服嗎？」

先生用在某個年代的發音，將妻子的名字正確地用「志保」叫著[13]。

「不，我沒事。」

妻子邊小跑步邊回答。在這長年的婚姻生活之中，夫妻的對話被整合成高度發展的符號。單靠「是」與「不是」的排列組合和語調變化，就幾乎可以傳達所有意思。

（真抱歉我居然在發呆。我只是被這裡的風景迷住了而已，身體沒有哪裡不舒服。好了，我們走吧。）

若林夫人原本是打算這麼說的。

一靠近丈夫的背後，似乎聞到一股老人家的氣味。妻子想，也許是因為空氣太清新的緣故吧。

「果然還是應該搭新幹線啊，就算從下個車站折回來，也不用花那麼多時間。真是失算。」

一面走，先生又看了手錶一眼。他把袖子捲起來看時間的動作，就像昆蟲特有的習性。

「應該也沒有什麼好趕的吧，而且車錢已經不能從經費裡面扣除了……」

「笨蛋。」先生打斷了妻子的話。「就算我現在已經退休，這個世界可不會有任何改變。哪有人會這樣說話的？就算只是私人出遊，這樣的行程可一點也不好，糟透了。」

---

13 「志保」這個名字現在一般都念しほ（SIHO），但原本的發音是しお（SIO）。

不知道這人過去在公司是不是也一直這樣斥責屬下？——突然間若林夫人腦中冒出這樣的想法。若真是這樣，雖然他很早就升主管，但只升到主任然後就做到退休，或許就是這個原因吧。

「話說回來，住宿方面應該沒問題吧？」

先生看來似乎不是要責備人的樣子。他就是這種個性，如果不一直將心中的不安說出來就無法安定下來。

退休隔天起，夫妻倆人就一起去旅行，坐著普通列車到偏僻山間泡幾天溫泉。

而當妻子提出這個計畫時，總是萬事不通融的先生卻沒有反對，著實讓人感到意外。

若林夫人在剪票口花了不少時間找車票。

「弄丟了嗎？」

「不是。」

「剛剛坐車的時候我不是問過很多次了嗎？問說有沒有拿好車票。妳就是沒有認真回答我，所以才會這樣。」

「啊，找到了，在皮包裡面。」

「有哪個笨蛋會把車票塞在錢包裡啊？我現在沒有秘書跟在身邊，要是連這種事情都做不好我可是很傷腦筋的。」

先生一出剪票口後，就像是來出差般，朝著冷清的站前廣場快步走去。妻子邊在後面追邊喊道：

「老公，你知道飯店在哪個方向嗎？」

先生像是想起什麼般停住腳步。

「說的也是，那，是在哪邊？」

「我們搭計程車吧。」

「會很遠嗎？」

「這個我不知道……」

「妳這樣說我很傷腦筋耶，哪有這麼隨意的計畫？」

「因為旅行社的人說只要搭計程車就好了，所以……」

剩下的人生我們也就隨意過吧——若林夫人擦著汗，將差點說出口的話又吞了回去。不能現在就吐出心中的每句話、每個字。

要再累積更多想對丈夫說的話。然後在最後一晚，將內心所有的一切都告訴他。

（今後我們就隨意生活吧，畢竟彼此都辛苦了這麼久。）

這樣說之後，再從提包裡拿出離婚申請表。若林夫人自己的印章已經蓋在上面了。

這個計畫非常完美。這五、六年來若林夫人一直都做著這樣的夢，一直數著日子終於等到了這一天。

若林夫人已經和律師談過了，也從有同樣例子的朋友身上得到了充足的知識，還計算好在法律範圍內能得到多少財產。就是已經出嫁的獨生女及女婿也私下贊成，毫不知情的只有丈夫一個人。

「老公，要不要買個相機？」

若林夫人指著土產店前的傻瓜相機說著。

「笨蛋，又不是蜜月旅行，有什麼好買的？」

「可是我們又沒有蜜月旅行的照片，不對，我們兩個根本沒有一起照過相。好啦，就買吧。」

若林夫人進去店裡買了一個傻瓜相機。

「妳今天怎麼這麼興奮？能跟我在一起有這麼開心嗎？」

先生用不屑的態度推了推鷹勾鼻上的眼鏡，看著妻子的臉。

明明只要笑一個，他那句話的意思就完全不同了，若林夫人想著。

「當然開心啊，不管明天還是後天，都只有我們兩個獨處。沒有上班的話，就不會有人找你打高爾夫，畢竟你工作以外的朋友一個也沒有嘛。」

若林夫人說道。正要把傻瓜相機收進皮包時，又瞄了一眼放在提包底部的離婚申請表。

雖然計畫很完整，但最後一幕要怎麼安排，若林夫人一直沒個主意。

若以戲劇來說，那就是最高潮的復仇場面，絕對不可以馬虎。

到底要在哪裡、用什麼方式做這決定性的「離婚宣言」好呢？她得到遠離日常生活的深山溫泉是最適合的這個結論，是在一星期前。畢竟脫離了平常的生活，丈夫所受到的衝擊應該會比較強烈，自己也應該能順利明確地說出來。

若林夫人下定決心後，就前往新宿車站地下道的那排旅遊導覽所。只是每間旅行社的櫃檯幾乎都推出迎合年輕人的海外旅遊行程。

希望是個離東京市中心不太遠的鄉下山中溫泉地，可以的話最好是不會讓人聽到爭吵聲、用鋼筋水泥蓋的飯店。

願意接受這種奢侈條件而幫客人熱心尋找的，只有不辦海外旅遊的觀光協會。一位曾任公家單位戶籍課高級長官的年長承辦員，花許多時間打了多次電話到各地，最後選出來了剛重新裝潢開業的「深山溫泉紫陽花飯店」。

若林夫人非常喜歡這個名字。雖然自家庭院的紫陽花都已經凋謝了，但在山上的高原那邊的話一定還是盛開著。

當不曾反抗的賢慧妻子突然提出離婚的瞬間，丈夫臉上失去血色不知該將視線投以何處的模樣對照爭艷的紫陽花——若林夫人一想到就不禁暗自偷笑。

站前圓環沒有半台等著載客的計程車。先生看了一眼手錶，露出一張非常不高興的臉，像在說會沒有計程車都是妻子的錯。

「用走的囉。」

「可是，又不知道離這裡有多遠。」

「幹嘛？不過是這種鄉下小地方，距離多遠大概也可以知道。再說以後每天早上都要走兩公里，妳就當作練習吧。」

先生總是說等退休後，為了保持身體健康要每天早上散步兩公里——但我可沒說我也要一起去，真是自作主張的人，若林夫人心中這麼想。

「我不確定我有沒有足夠的體力，畢竟我不想成為拖油瓶而被你罵。」

若林夫人雖然只是略微表示自己的意思，但就好像嚴重地違抗命令，有種彆扭的感覺。

「不然去派出所問問看吧，如果是在不會被罵的距離內我就走。」

一位在制服領口圍著毛巾、把帽子戴在後腦杓的警察，心不在焉地看著這兩名觀光客。若林夫人一面走近警察一面行禮。

「今天真是炎熱呢。」

警察取下毛巾，向這位樣貌端莊的婦人表示敬意。

「想請教一下，請問深山溫泉紫陽花飯店是在哪個方向呢？」

突然警察的表情像是忘了炎熱般地僵住。他看了看四周，確定除了這對夫妻沒有其他人之後，向派出所裡面喊道：

「所長，有監獄飯店的客人。」

若林夫人急忙回道：

「不，不是監獄飯店，是紫陽花飯店。」

一名年長的警察繫著皮帶從後面出現，用詫異的表情看了看若林夫人，接著視線越過夫人注視著若林先生，說道：

「同行的這位是您先生嗎？」

「是的，是我先生沒錯。請問……？」

「可以跟我過來一下嗎？——先生，麻煩過來一下。」

從沒被陌生人招手叫過去的先生回頭看了一下後方，才一臉訝異地靠過去。

「我想問一下，請問您有沒有攜帶可以證明身分的證件呢？」

老警察眼神直直地問道。大概是這附近發生過什麼事件吧，若林夫人想。

「很不湊巧，我昨天才剛退休，所以沒有帶那些證件，不知是有什麼疑點？」

若林先生挺起胸膛答道。

「那，請告訴我名字和出生年月日。」

「若林隆明，五十九，不對是六十歲了。出生年月日是昭和……等等，為什麼要說這些？請告訴我理由。」

警察坐在鐵椅上，一邊拿出記錄簿一邊撥起帽沿瞪了若林先生一眼。

「你是櫻會的相關人士嗎？」

瞬間若林先生皺起了眉頭。

「真是失禮，竟然拘留善良的市民，你又是什麼了？首先，我不是日大畢業，是一橋的商學院畢業的。」

先生自大的態度似乎反而引起警察的猜忌，若林夫人看到警察原本懷疑的表情一下子變成敵意。

「不好意思請讓我檢查一下隨身行李，把公事包打開。」

「你到底在說什麼？我到昨天下午五點都還是新洋商事的財務主任，可是一間上市公司的員工啊。」

警察站了起來，像是要碰到若林先生胸前般向前跨了一步。

「什麼主任？什麼上市公司的？我可沒問你這些。偵訊是我們被賦予的權限，你老實回答我。」

「你說什麼？喂，你看我哪裡像可疑人物了？很好，那你就盡量問吧。但是相對的，我可不能保證你下場會如何。我可是有認識的警察廳高層，就是警察體系出身的國會議員也和我有來往。」

若林先生把夫人拉住他西裝袖子的手粗魯地揮開，將皮革公事包重重地放到桌上。

「請你自己把裡面的東西拿出來。」

警察用冷酷的聲音命令道。

若林先生從公事包裡拿出日經時報和流通時報，再來是幾本文學作品。那就像原本一直被隱藏起來的各種不忠貞層層堆疊起來一般，若林夫人想著。

難道他原本想讀著這些東西度過夫妻的雙人之旅嗎？就像到昨天為止那樣，不論問什麼都只會回答「喔」——若林夫人再次確信自己的計畫是應當的。

書本下面是過去常使用的出差用具。這些年來，若林夫人準備的旅行用品，全都好好收在裡面。

若林先生將公事包整個翻過來，把全部的東西放在桌子上。

「如何？如果有什麼可疑物品的話你說說看。」

警察拿起一包用橡皮筋束著的粉末藥包。

「這是？」

「這是胃藥，是一種叫做克蘭治兒的潰瘍特效藥。我這二十年來時常服用它。」

警察將整包透光觀察。

「看起來好像是這麼一回事呢。」

「哈哈，我知道了。你懷疑這是麻藥，還是興奮劑什麼的嗎？你說的櫻會就是指大範圍活動的暴力集團，那個關東櫻會吧？要說這種蠢話也有個限度。這樣的我，在國家的經濟發展上盡心盡力到得受這胃藥關照的地步，這樣的我，哪裡會像黑道的老大啊？」

若林先生從警察手中搶過藥之後，把散落一桌的物品收回公事包裡。

「哎呀真是的，就是在紐約市出差的時候也沒受過這種待遇。一退休後，來到這深山的溫泉地卻是這樣。人啊，真的是不想變老。話說回來——你還有幾年退休啊？」

老警察將不悅的神情用應酬的笑臉蓋過說道：

「還有四、五年呢。」

「哼。」若林先生用鼻子笑了一聲。

「是嗎？不過啊，等這五年過後就變成普通的老人家了。趕緊趁現在對老婆小孩好一點吧，最近幾年似乎很流行這樣——愛自作主張的先生在退休的同時也被家庭拋棄。」

若林夫人打了個冷顫，隨即插話：

「那個，我剛才請教的那件事……」

老警察將視線從若林先生移開，朝著從圓環開來的計程車舉起手。

「搭車子去吧，因為飯店位在山上用走的也挺辛苦。特別是對老人家。」

若林先生將裝好物品的公事包夾在腋下，轉身走了出去。高大的身軀邁著大步的模樣，看起來就像故意對老警察說的話提出抗議。

（趕緊趁現在對老婆小孩好一點？少笑死人了。）

若林夫人在內心用難聽的口氣低聲說道。你這個只會對上司諂媚、活下去只為了自己發達、只會保住自己、膽小又像條狗的男人！

「志保，妳在做什麼？還不快來。」

向警察彎腰行禮後，若林夫人從後頭追上丈夫。

「妳今天為什麼把藥放進醫院的袋子裡？」

「對不起，因為藥袋有地方破了。」

「要是沒放進虎門醫院的袋子裡的話，就不用受到這種多餘的懷疑了。真令人不愉快。」

一進入開著強烈冷氣的車上，司機用那符合觀光景點的親切笑容迎接兩人。

「那個，請開到深山溫泉紫陽花飯店。」

後照鏡中的司機突然消失了笑容，並自眼睛擠出皺紋。

「……是監獄飯店吧……」

「不，不是監獄飯店，是紫陽花飯店。真是的，這不是跟剛才一樣嘛。」

夫妻兩人不約而同看了彼此一眼。

「一定是改了名字吧，不是說這間飯店才剛重新裝潢開業的嗎？」

「說、說的也是，一定是這樣吧。」

一聽到目的地，司機突然變得很冷漠。不管是希望他介紹街道也好，還是國境山巒的美也好，就連說從窗戶吹進來的風很涼等話題，司機也都保持沉默。

車子通過溫泉街，沿著溪流爬上山坡。杉木群遮住夏日的天空，穿過陰影後，前方的向陽處有水流過。

每駛過一個彎道，看著下方往下掉落的街道，若林夫人清楚感覺到那段和丈夫一起度過的卑躬屈膝的日子，也一點一點漸漸遠離。

若林夫人故作整理那些盤不起來的頭髮，偷偷看著丈夫的側臉。到昨天為止，丈夫在社會上的地位以及對社會的貢獻都還圍繞著他，有如守著一座難攻之城，但那些都已不見蹤影。在那裡的，只有一個醜陋又不搭調、用西裝武裝自己的老人端正地坐著。連自己現在身在一個孤立無援的地方也不自覺。

「我總覺得很奇怪。欸，志保，這間飯店真的沒問題嗎？希望沒有什麼不尋常的地方……」

若林夫人從丈夫膝上拿過公事包仔細整理，嘴唇邊露出美麗的微笑：

「不尋常的地方？——老公你究竟是在擔心什麼？不是沒有什麼好怕的嗎，對今後的你來說……」

不多久，如夢境般被紫陽花包圍的雅致飯店從樹林之間顯現——。

5

「本紫楊花飯店致力於服務，
一旦客人您拖下草鞋進入本飯店，
就有如我們自己人，我們必定誠心誠意赴湯蹈火在所不辭。」

——黑田掌櫃將兩個拳頭頂在地板上說道。

服部師傅切到了手指。

他在裝飾迎賓水果盤時，突然黑田進到廚房大吼。服部驚嚇之餘木瓜從手上滑掉，水果刀劃過了左手的大拇指。

「你們沒聽到廣播是不是?!還在慢吞吞的摸什麼！」

黑田就像是扮演黑臉的摔角手突然衝上摔角台。不只服部廚師，所有廚房裡的工作人員也都嚇了一大跳。

「不要停下工作，這裡可是廚房。」

只有料理長梶平太郎一個人用著菜刀邊說話，完全不轉頭去看黑田。

黑田注視了一下料理長處理海鰻骨頭精湛的刀法。不知該怎麼接話的緊張感，從黑田伸直的背脊散發出來。

「廚房這邊沒辦法停手，畢竟還有活要幹——喂！那邊的在睡覺啊?!」

年輕學徒們邊留意黑田，繼續手上的工作。

黑田注意到吸吮著手指的服部師傅，走上前去。

「喲，廚師先生你切到手了嗎?櫃檯那邊有醫藥箱，趕快去處理一下吧！真是抱歉啊，我不曉得廚房這邊的規矩，還請見諒。」

服部師傅心想，黑田也許打算對廚房的全體人員說的吧。黑田這男人的內心跟他外表一點也不符合，是個還不錯的傢伙。

「你說你切到手啊？難道皇冠飯店連用刀子的方法都沒教嗎？虧你這樣還是從巴黎學成歸國的名廚啊？」

料理長說道，一面擦式著切完海鰻的刀。服部師傅雖然一下露出不愉快的表情，但在後輩面前手滑掉是事實。服部吞下抗議的話後自廚房離去。

「別在意啦，那種固執傢伙說的每句話都要氣的話，氣也氣不完的。」

黑田邊走邊拿出手巾蓋在服部師傅流著血的手指上。

「在菜單上加入法式料理大概讓他覺得不高興吧。因為我昨天才來這裡，所以他才會那樣。」

「畢竟料理長是唯一一個從上一位經營者時就在這裡的人。單靠他製作日式宴會餐點的手腕就能當作賣點吸引房客，所以他有一定的自負。」

「耶，從上一代留下來的啊。那麼黑田先生應該行事上也會不太方便吧？」

「這個嘛，也不能這麼說。畢竟他知道這間飯店從上到下所有事情——首先這是可以肯定的。」

黑田滿足地微笑，然後兩手咚地敲了一下。喔喔，地點了點頭。服部師傅是從皇冠連鎖飯店裡所挑選出來，加上又去過巴黎學習，所以是不可能會真的會感到佩服的。就算料理長再怎麼厲害，也不過是個溫泉飯店的廚師。黑田內心苦笑了一下。

「是這樣嗎？那麼我很期待，希望能學到一些日式料理的作法。」

服部師傅盡量說得讓人不覺得刺耳。

服部在櫃檯包紮好傷口後，一個熟悉的聲音叫出他的名字。

「這不是服部嗎？啊啊，果然是你。」

「咦？花澤先生！」

兩人面對彼此，首先是打量對方的服裝。

雖然純白的廚師服和燕尾服都是皇冠飯店規定的服飾，但在這深山工作顯得禮節太過。有如戰場上臨陣脫逃的武士小心翼翼地穿著鎧甲般，讓人要不笑出來也難。

「唉呀！真是巧合啊。我聽說有新的經理要來，就在期待會不會是皇冠的人。」

「話說回來，你為什麼在這裡？」

花澤經理還顯得比較訝異。服部正彥是以二、三十歲的年紀，就當上赤坂皇冠飯店料理長的人才。他有許多著作，也曾經上過電視，早就是個名人，換句話說也是皇冠飯店的代言人。

被這麼一問，服部師傅把花澤拉到屏風後面。

「我被大降職了，因為做了那件事。」

「那件事？是什麼？難道你跟總料理長吵架了？」

「不是……是痢疾，全都是因為喜宴上的燻鮭魚卷。」

「什麼？痢疾！集體食物中毒嗎？」

噓……服部師傅用沾滿血漬的手巾蓋住經理的嘴。

「幸好只是個小宴會，所以沒有浮上檯面。但不知為何就我一個人被要求負起所有責任。再怎麼說，食物中毒和火災是從事飯店業的人的致命傷啊。」

瞬間服部發現自己說錯了話。

「啊，對不起，我不是故意要講的……」

「不會，不會」，經理把手放在廚師的肩膀上說道：

「你也辛苦了。再說——這不過是暫時的。這段時間我們就放輕鬆一點吧！就這樣。」

花澤經理舉起手，往宴會廳走去。

服部師傅雖然笑著但也嘆了一口氣，心情非常複雜。

「赤坂火警事件」的負責人，到現在還在全國各地的連鎖飯店遊走的傳聞——換句話說，不論在哪個職場都會有的恐怖傳說。那個傳說裡的主角和自己卻在工作場合相遇，這種事讓服部一點也高興不起來。

「暫時嗎……這裡簡直就跟監獄沒兩樣。」

服部師傅目送十年來消瘦許多、顯得淒涼衰老的花澤一馬背影，自言自語道。

突然肩膀上有個巨大的黑影靠近，黑田在服部耳邊小聲說道：

「廚師先生，你剛剛說了什麼？」

「呃，沒什麼，只是自言自語。」

「還是說有誰跟你說了多餘的事情？」

「所謂多餘的事情是指什麼呢？」

黑田用幾乎可以遮住白色廚師服肩膀的手，抓住服部師傅的領子朝自己拉近。

「話先說在前頭，在這間飯店裡什麼監獄啦、看守所啦，這些詞都是禁語。還有像是——低落什麼的、升不上什麼的……總之，以後會跟你說明的。」

玄關前的乘車處來了一輛計程車。

「啊，有客人來了，黑田先生。」

「咦？客人！糟糕，我都忘了，今天還有一組普通的客人啊。」

高尚的老夫妻下車後，計程車像是不想牽扯上關係似的踩足油門駛離。

黑田在玄關旁擺好室內拖鞋後，跪坐在旁邊並將兩個拳頭頂著地板。用往上吊的眼神看著客人的腳，表情僵硬毫無笑容。

老夫妻有點被嚇到，用不安的神情看著黑田掌櫃後腦杓上的舊傷。

「那個，我是從東京來的若林。」

「是低，感謝您的預約，本次遠道而來辛苦了。請您先拖掉草鞋，悠閒地在本館逗留。」

樣貌端莊的婦人行禮說道。黑田一動也不動地用精神飽滿的語氣回答道：

「喂，沒有哪個年輕的在嗎？有客人來了！」

說到此，黑田突然抬起頭來朝著空無一人的櫃檯喊道：

不論長相、聲音還是措詞，若林夫婦感到一陣害怕。

「志保……妳不覺得這個氣氛很不妙嗎？我們出去吧！」

「你說出去……這又不是大街上的壽司店，就算出去了也沒有地方可以去啊。」

「可是如果住下來，會像霍亂患者那樣不知情的喝下水然後離開人世啊。」

「這可是縣裡的觀光協會推薦的飯店啊，只是有點鄉下……我說掌櫃先生，我們並不是什麼很了不起的客人，不必那麼拘謹。」

面對不安低下頭的若林夫人，黑田掌櫃又加重了他那張十分具有威脅性的表情。

「不，絕無此事啊這位客人。本紫楊花飯店致力於服務，一旦客人您拖下草鞋進入本飯店，就有如我們自己人，我們必定誠心誠意赴湯蹈火在所不辭。喂喂喂！都沒人在啊？喂！帶領東京的若林先生和其夫人到杉之間啊！」

是低，兩人聽到這有著複雜音口音的回答，從櫃檯裡出現一個高大的掌櫃。

「志保……感覺愈來愈不妙了，我們逃吧？」

「不行啦，已經太遲了，我有告訴他們住址和電話號碼。」

只見出現一名穿著短袖日式外套的小二，他的身高少說也有兩公尺。然而卻意外地瘦，臉上的膚色也是黑色的。

「喔，岡薩雷斯。帶客人去客房吧，到三樓的杉之間。懂嗎？杉—之—間，俗麗夫羅兒的，俗麗・節摟・兔・優，安德斯但德？」[14]

---

14 這裡黑田掌櫃是夾雜日式英文發音說：Three floor的，three zero two You, understand?（帶到三樓的三零一號房。你，聽懂了嗎？）

「耶——」掌櫃岡薩雷斯回答道。

接著，岡薩雷斯搶劫似的拿走若林隆明先生一直抱著的公事包和若林夫人緊握著的提包，說著「沒問題，請——，請——。」如此意義不明的話跨出步伐走去。

「可惡，什麼沒問題啊？喂，志保，看來我的預測是對的吧？所以我不是都跟妳說，如果是透過交通局和近畿日本觀光處那些機構的話，就不會遇到這種事了。」

真的是很抱歉——若林夫人跟在丈夫身後並低下了頭。這種狀況不論被如何責問也沒有辦法回嘴。

電梯廳中央突兀地放著一個老虎的標本。是隻口腔被塗得鮮紅、尾巴直豎作勢要襲擊獵物般的大老虎。想必是很昂貴的東西，但用在渡假飯店的室內裝飾，實在不太能讓人理解。比起讚嘆，一般人大概會先感到不安。

這到底是什麼品味？——若林夫人害怕地往天花板看，接著又被嚇了一跳。挑高的天花板下有多隻用鋼琴線垂吊的天堂鳥，展開五顏六色的羽毛和鳥尾飛翔著。

夫妻倆人環視電梯廳後啞口無言。水牛的角、五円硬幣做成的五重塔、象牙雕刻的七福神、跟人一般高的彩繪壺、武士的甲冑一類——以品味來說實在稱不上多好，講明白點，只要能顯出闊氣，擺什麼都沒關係。

「我知道了，志保……」

若林先生那聰明的額頭上冒出許多顆的冷汗。

「這裡，是做『那方面』的飯店。」

「『那方面』？是指哪方面？」

「妳還不懂嗎？就是黑道經營的飯店啊。絕對不會錯，這根本是最糟糕的情況。飯店一定會跟我們索取額外的費用，所以打從一開始就像剛才那樣威脅我們。妳聽好了，不管他們說什麼都絕對不可以拿出信用卡。」

「才不會有那種事，畢竟這是縣的觀光協會所……」

「就是這樣才奇怪不是嗎？再說觀光協會這東西本來就是私人團體，沒有所謂屬於公家這回事——我知道了，這是鑽法律漏洞的暴力集團的吸金新手段。」

也許是這樣吧，若林夫人雖這樣想，但沒有像丈夫那麼害怕。在緊急的處境當中，也一定都是女人會比較鎮定。雖然內心會想「原來如此」，但比起這個，若林夫人是更加輕蔑丈夫那付狼狽的模樣。

「老公你說那種話……搞不好還會丟了性命呢！」

若林夫人悄悄觀察著岡薩雷斯用鼻子哼著不知所云的歌的樣子，對丈夫說道。

「啊，妳居然整個態度都變了。這還不都妳的錯，妳這任性的女人。」

岡薩雷斯不知道是不能理解日語對話，還是一點也不在意，他一派事不關己的樣子看著電梯動也不動的指示燈。

「那個，小二先生，走樓梯上去會不會比較快呢？」

妻子抬頭看著岡薩雷斯說道，丈夫則慌張地拉住妻子的袖子。

「妳不要隨便開口說話，搞不好連怎麼惹到人家的也不知道。」

「老公——」若林夫人一直盯著頻頻拭汗的丈夫。

「我們有做什麼壞事嗎？」

「是沒有，但他們的邏輯根本不是可以用一般社會倫理衡量……」

「當然可以，他們又不是別的生物。是老公你的想法帶有歧視，不是說恐懼心是從歧視意識而生的？」

「……唷，妳今天倒是很會說話嘛，跟昨天相比完全換了個人似的……可是，也並非都沒有道理。」

不能這樣，要再累積多一些話，若林夫人想著。在這長年的計畫要實現的跟前，絕不能被丈夫發覺。

「總之，不要老往壞處想。像那種漫畫裡才有的情結，是不會出現的。」

電梯的門終於打開，但在那一剎那，眼前的情景背叛了若林夫人想往好處想的希望。

很明顯就是「那方面」的可怕臉孔，一股腦地從電梯裡走出來。每個人臉上都因為喝了酒浮現出愉快的神情，應該是剛從溫泉出來的吧。有的露出半邊肩膀，或打著赤膊披著一條手巾，每個人身上都可以看到生龍活虎的刺青。

「客人，不用擔心，沒問題。他們都是頭目的手下。關東櫻會的人喔。安心吧！」

雖然岡薩雷斯努力的解釋，但一點也沒有讓夫妻倆安心。若林夫妻不發一語，搭上充滿著酒臭和粗野男人體臭的電梯。

「真的不用擔心喔。今天也有其他普通的客人在。」

若林先生稍微鬆了口氣，笑著看向妻子。

「啊，是嗎——太好了，志保。也有普通人住這裡啊。」

「耶—斯[15]。很厲害的人喔。杯裡費門斯[16]的小說家。孝之介・木戶。」

「什麼？木戶孝之介！那個寫黑道寫說的！」

「耶—斯，他是老大的親戚。」

「是嗎，果然是真材實料的……難怪覺得很有真實感。」

「小岡，也是書迷喔。英文版，在馬尼拉，也賣得很好。《道義的黃昏：TWILLIGHT OF JINGI》，杯裡固[17]喔。」

老夫妻再度陷入一片黯淡，甚至覺得電梯是朝著無底地獄落下去一般。

若林先生私底下是木戶孝之介的黑道小說的書迷，但他不知道賢慧的妻子是比他更迷的狂熱者。

15 原文是用日式英文發音說：Yes。
16 原文是用日式英文發音說：very famous。
17 原文是用日式英文發音說：very good。

《道義的黃昏》系列對山手那邊無所事事的婦人們來說，簡直就被當作興奮劑或是地下影片般傳閱。這個事實不論是出版社還是作者本人都始料未及。

只要換上像是《專門針對婦女的減肥方法》，或是《從廚房思考地球環境》這類丈夫絕不會想翻開的書籍封面，在網球俱樂部的更衣室，或是料理教室的休息時間就可以偷偷的傳閱。

這些婦人將登場的女性投射到自己身上，透過背負悽慘命運的女角們來滿足自己被虐的欲望。沒有避諱字的空白或是任何間接描述，以及用俗語、三字經、舊印刷體等革命性的性描寫手法，讓她們貪婪地閱讀且沉溺其中。

「果然……」

若林夫人不經意地脫口，和丈夫對看一眼後，清清喉嚨轉移視線。

花澤經理和服部師傅並肩坐在宴會廳舞臺上的椅子，等待員工集合的那段時間對他們來說，彷彿靜止了一樣。

「不過，這些成員還真是不得了呢，花澤先生。」

「嗯……你也要加油喔，服部。」

「是……」

服部低下頭咬住嘴唇，並不是因為害怕，是覺得自己很沒出息。

看著服部師傅這樣的表情，花澤心裡不禁想到：就連已經習慣每況愈下的調派地點的自己都很難承受了，更何況是突然急轉直下被大貶職的服部？對他來說，還有什麼比這更加屈辱的？幾天前的榮光，卻讓現在的服部覺得格外痛苦。

「這樣子根本就是給人當笑話看。」

服部用充滿不愉快的語氣說道，接著摘下長長的廚師帽丟到一旁，把裝飾在領口的圍巾領結像是要撕裂般扯掉。

花澤想安慰的心情沒辦法轉成話語。正想要說些什麼時，坐在最前排的女侍們刺耳的塔加拉族語讓花澤無法不去在意。穿著藍染日式外套的小二們，各個都用上吊的銳利眼神盯著台上的兩個人。不成熟的鬥志什麼的，早就都沒了。

「那麼，你接下來打算怎麼辦？」

花澤小聲問道。

「什麼怎麼辦？」

「就是未來的路啊。像你這樣的料理人，其實也不用堅持待在皇冠企業吧？」

這是身為上司絕對不能說出口的話，但花澤以個人的身分問服部。

「花澤先生呢？」

「我是沒有辦法，畢竟到了不能換工作的年齡，而且我也沒有離開皇冠企業後還能活下去的自信。明天我的家人也會來，我已經租下旁邊不遠的一間老房子了。」

服部廚師像是在思考什麼似的保持沉默，而花澤經理又更壓低了聲音：

「要遭遇這種事的人，我一個就夠了。我不會說什麼壞話，所以過段時日你就遞出辭呈吧，之後我會想辦法……」

「可是這樣一來，花澤先生的立場不就……」

「現在不是考慮我的立場的時候吧。你還年輕，不能浪費掉你的才華。」

花澤經理將廚師帽從地板上撿起，拍掉灰塵後放在服部的膝上。

沒多久梶料理長頂著嚴肅的國字臉出現，岡薩雷斯哼著自己編的歌曲，彎下高大的身軀通過門框，如此一來所有員工都到齊了。

黑田搖晃著如磐石般的巨大身軀，站在麥克風前。

「喔！各位聽好了，接下來要進行本次新任經理和廚師先生的會面。雖然這兩位都不是我們道上的人，但現在成為我們的一份子，他們可是比你們的身分地位還要高。記住，要是敢對他們無禮，本大爺可是不會輕易放過的。」

「是低」如此精神地回答和，「是～低」混著塔加拉族語口音、毫無力氣的回答從台下冒出。

「是嗎，看來有一半都聽不懂。喂，阿妮塔，妳有聽懂嗎？」

有著小鼻子和可愛圓臉的女侍阿妮塔點頭道：

「我稍後會翻譯給他們聽的，掌櫃頭兒您請盡量說。」

「喔，不愧是馬尼拉大學畢業的，就拜託妳了。」

阿妮塔不滿地嘟起嘴說道：

「我在大學沒有學過日語。我爺爺是日本人。是我小時候和爺爺學的。」

「我可沒問妳的背景，況且，日本人又不是多偉大。」

日本人都笑了出來，女侍們也跟著一起笑。

「那麼，請經理說句話。」

花澤一站到麥克風前，所有員工就安靜了下來。

「我是本次受命擔任本紫陽花飯店經理的花澤一馬……」

說完開場白後，花澤經理就忘了原本擬好的演說內容。不，正確來說，是那些說過無數遍的台詞沒有辦法從嘴裡講出來。

台下所有認真的表情和這個緊張的氣氛是怎麼回事？

每一張臉都像是崇拜造物主似的仰望舞台。每個人都像是要聽珍貴的神諭一樣，豎起了耳朵。

小二們也像是眼珠要掉出來般睜大眼睛，眨也不眨。女侍們中更有人握住胸前的銀十字架。

花澤真正感覺到「經理」一詞意義的，就是在這個時候。花澤這才理解，未來要跟這不可思議的飯店一起支配所有員工的人生，自己幾乎是接近神的人。

經過長時間的沉默，花澤感到像是跟所有人一個個交談過的疲勞。

「經理先—生，小岡，腳，麻掉了。」

岡薩雷斯說道，在場所有人都爆笑出來。

「各位，一起加油吧！」

將湧上心頭的那份不知如何言喻的情感濃縮成一句話後，就只有這幾個字。

直到喝采停下為止，花澤經理都低著頭。

6

「全體員工注意！
現在頭目已經抵達了。
所有員工、業界相關人員、
以及俠義團體的客人，
立即在大廳集合！」

——一道粗魯低沉的聲音響徹全飯店。

我被帶領到「楓葉之間」，據說是最好的套房。

從飯店設置的導覽圖來看，在這棟三層樓、總計五十個客房的飯店裡，西邊的二零一號室「楓葉之間」和三零一號室的「富士見之間」特別寬敞。

主室有十二張榻榻米大，屋頂設計成中央高四周低的樣式。地板則是奢侈地用整塊木頭做成的，另有乍看之下以為是醍醐寺霞棚的置物架。畫軸上有文晁的落款，但應該是在那個時代為供人欣賞而做的贋品吧。

身為旅行作家，在目的地看到這些對方展示的文晁畫軸和乾山陶器等等，雖然是刻意的，但這樣才合乎禮節。畢竟不管是好或壞，「喔喔，是文晁啊」般對老闆娘說，才是身為一個文化人該有的禮貌。

另外，還有一間六張榻榻米大的配間。其實是和主室隔著一條小走廊，一間可以上鎖的和室。孟加拉紅色的牆壁莫名地給人一種官能的感覺，是寢室嗎？或者是女人做晚上的準備所用的小房間？

我拉開連接兩個房間的小走廊的網代格子木門後，裡面是間豪華的浴室。或者應該說是浴場。澡盆和淋浴處都使用帶有芳香的扁柏，這可要花不少錢。

我以前曾住在京都一間有同樣浴室的老字號旅館裡，聽說扁柏要比檜木貴上許多倍。

天窗開的很寬，可以望見山稜線。若是夜晚再掛上整輪的月亮，就真的是絕景了。

「哇啊，木造的浴室真是令人懷念。」

我用扁柏製成的水桶，朝從一旁冒出來說話的清子頭上敲下去。

「這個啊，跟妳還是小鬼的時候去跟別人借浴室所用的水桶不一樣。光是這一個水桶，就比長屋的澡盆還貴了。」

我本來想再往她側臉打下去，不過要是把水桶打壞就太浪費了。

打開十二張榻榻米大的主室的窗子，外面是楓樹茂密的枝葉。用平視的角度看那小小的楓葉，就像妖精在玩耍般惹人憐愛，我對這景色十分中意。

「哇啊，好漂亮。因為可以看見很多楓葉，所以叫楓葉之間吧？」

我拿起南部鐵製的四方形煙灰缸往清子的頭打下去。原本是打算放輕力道的，但因為她試圖躲開，結果煙灰缸的角整個打下去，稍微劃到了額頭。

清子「啊」地叫出來，俯身倒在藤椅上。

「妳啊，少在我面前說什麼漂亮不漂亮的，真是掃興。妳只要像楓葉那樣保持安靜就好了。」

我的心情並不算差。

因為自己是老闆的姪子，所以受到讓人幾乎反感的歡迎，房間也比預期的高級許多。不過，為了要讓清子搞清楚她的身分並不是我的女人，所以有必要像這樣給她一些打擊。

畢竟清子很單純，只要用力量讓她屈服的話暫時就會安份一些。早晚都給她肉體上的打擊，吃飯的時候給她精神上的打擊，如此一來不論在誰看來這女人都是個稱職的秘書。

「妳的房間在那邊，除非我叫妳否則別過來。當然也不可以隨便出房間。」

「那溫泉……」

「泡浴室裡的就好了，妳如果想去大浴場的話就半夜自己偷偷去，懂了嗎？」

「怎麼好像會很無聊似的……」

配間裡沒有電視，清子也沒有看書的習慣，所以配間只是個紅色的單人牢房。

「是嗎，那就趁這個機會寫寫小說如何？哈哈哈。」

從我嘴裡說出來算是很高級的笑話。清子要是跟著笑的話我就會打下去，甚至已經準備好從波士頓包裡拿出日記本了。清子並沒有笑，她似乎猜到了我的企圖。

「夠了，去那邊。」

「是，如果有什麼事的話就叫我。」

抱著自己的波士頓包消失在配間的清子，看來就像身在火車站的離家少女。如果放著她不管一定馬上就會變得失魂落魄，被當成男人們的玩具在苦海裡浮沉——她的背影給人這樣的預感。雖然清子本身已經很落魄，但是她那透明的少女氣息卻永遠都不會消失，可以算是清子的七大不可思議之一吧。

我走到由茂密的楓葉巧妙組成屋簷的陽台。環顧四周，發現這間飯店的地點十分特殊。

背景巧妙地利用造林後的衫林山，左面後方可以看到國境雄偉孤立的群山。衫林山的山腳下沿著道路有溪流過，些許的流水聲就像是「飄越夢枕」，聽起來並不會覺得吵。

不負盛名的紫陽花彷彿從山谷間竄上來，繽紛柔和的顏色織成帷幕，將飯店與現世區隔開來。

往前庭看下去發現意外地寬廣。進入飯店的車道在中間，右邊隔出乾枯的游泳池，左邊則是看不出使用痕跡的網球場。有些意外的是網球場左邊用網子拉出一個棒球場。不，說是棒球場太小了，大概是軟球場吧？只是為什麼那裡會有軟球場，讓人百思不解。

再度將整體看一遍，我對仲叔的品味之差就受不了。

許多擁有美麗枝幹的松樹和雄偉的山石，都被用極為不自然的方式留在庭院。換句話說，這些是原先的非凡庭園造景遺留下的一部分。

想必是掩埋池塘、剷除竹林弄了座軟球場，胡亂改建成這間一點都不美觀的飯店。

我坐在長椅上，暫時用草木的綠滋潤眼睛。雖然我還沒到喜歡欣賞風花雪月的年紀，不過卻深深感受到這對我來說是無可替代的藥。自然總是誠實的。

忽然，建在庭院一頭的紫陽花團塾上的涼亭裡出現一個人影。那個人影原本坐在有柏樹皮葺屋簷的涼亭中間，似乎突然站了起來。

那是個身著會令人誤認成紫陽花般淡色系和服，並繫著同為淡色系腰帶的女性。

那個美麗的女人——不，用「優雅」來形容比較適當。那女人散發出來的氣息，即使是從遠處看也會讓人不自禁地吞口水。

尤其是她那梳起的烏黑秀髮和如莖一般抽出的嫩白後頸，簡直就像夢幻的花精現身。

女人什麼都沒做，僅是站在涼亭的屋簷下。有如雲來見雲、風來見風一樣，偶爾會動一下那張如人工打造的小臉。中間只有臉像傀儡般的面向這邊，似乎是對著我微笑。

我匆忙回到房間裡，從袋子裡拿出看歌劇用的望遠鏡。可是當我再次從陽台看向涼亭時，那個女人已不知去向。

不知是不是又坐進涼亭裡？我觀察了一段時間，但那女人再也沒有出現——。

「老師，有客人……」

背後傳來清子的聲音。我像是從望遠鏡裡聽到那聲音，彷彿那女人進到房間來似的，嚇得差點跌在地上。

「是位男性。」

「啊，大概是叔叔吧。剛才走了一輛計程車，據說會搭比我們慢一班的電車。」

「請進」，我說道後，低頭出現的並不是仲叔。

一名將短髮燙卷的中年男子將浴衣整理好後，就伸直了袖子跪坐下來。他眼睛看著下面，很有禮貌地鞠躬。半起身的胸前，有一條像圖坦卡門頸飾般大的黃金項鍊正閃耀著。

「您好，第一次與您會面。」

男子用像歌舞伎演員的開場白說道。消瘦臉龐上的頰骨顯得尖突，一開口說話就會露出異於常人的齜牙。

簡單來說，從面相學角度來論是完全無藥可救的兇相，是種難以形容的風格。我根據自己相當正確的基本知識，判斷他一定是那方面的，而且是個很了不起的幫派老大。

「請問您是？」

我故意背對壁龕坐著，盡量用像文化人的聲音詢問。

「敝人姓大曾根，平日受到木戶會長多方關照。曾聽聞木戶會長的姪子是家喻戶曉的木戶孝之介老師，只是萬萬沒想到居然能在旅行時碰上一面。」

大曾根像是背台詞般的說道。

「是嗎，感謝您特地前來。」

「能與您在同一飯店住宿是敝人的榮幸。敝人已向下面的人交代好了，在老師您逗留的期間內若是有哪個年輕人對您無理，請您不用客氣，儘管說。此外，有件難以啟齒的請求……」

大曾根從浴衣袖子裡拿出用毛巾包著的包裹，滑過榻榻米。接著用像是掀開手本引[18]的紙牌動作打開毛巾後，露出了最新一集的《道義的黃昏》。

「如果不嫌棄的話，請在這簽名……」

「這樣啊，」大曾根似乎將我的猶豫視為肯定的意思。「麻煩您了！」大曾根用半蹲的姿勢向前走來，將書本放在桌子上。

他這樣有禮反而讓人不能回絕。我從筆盒裡拿出原子筆翻開封面，接受了大曾根的要求。

18　手本引（手本引き）為日本傳統的賭博遊戲，莊家抽出一張從一到六的紙牌後，讓賭客猜數字。

「那個，大曾根勉。勉是勉強的勉，勤勉的勉。那麼就麻煩了。」

「給大曾根勉先生」一寫好之後，大曾根有如受寵若驚一般，「感激不盡」似的縮起了肩膀。

這是我第一次感到在自己的著作上簽名居然會這麼受人感激，當然這不會讓我覺得不舒服。

「您時常來這裡嗎？」

「是低，畢竟當今沒有地方願意接受像我們這樣的旅遊團。托木戶會長的福，才能一年兩次不受任何人干擾地享受旅行。」

「啊，是這樣啊。那真是辛苦了。」

我隨意翻著書頁，內心嚇了一跳——到處都有用螢光筆劃線做記號。

「如您所見，我有好好地讀書學習。」

「什麼？學習！」

我小小的驚呼了一下後，隨便翻了幾個劃線的部份默念：

「喔，阿三。在黑社會來說，有三件事絕對不能幹的，了嗎？」

「是低老大。不可以忘記道義、不可以忘記人情……」

「哼，什麼道義人情，都是講好聽的。聽清楚，我們絕不能幹的，第一，是不能有怨言，第二，是不愛慕虛榮，然後第三——不可以說謊……」

老大邊說道，突然舉起槍擊斃了背叛他的手下。

「您說，學習？」

「是低，在對年輕人訓話時就從這裡面引用。黑社會第一是不能有怨言，第二是不愛慕虛榮，第三是不可以說謊——真是誠如您所言啊……」

要說讓人下巴掉下來就是指這種事。沒記錯的話，這一段確實是因為我同時吃下鰻魚和梅子而胃開始感到不舒服，蹲在廁所裡想到的，回想起來還真是歷歷在目。

「唉呀，這還真是讓人慚愧汗顏。其實也是我額頭上邊冒著汗，邊呻吟想出來的。不知會不會給人感覺臭氣熏天呢？哈哈哈。」

「不會不會，已經不知有多少年輕人，因為老師您的話而變成男子漢呢。」

哈，我的下巴又再次掉了下來。雖然我不知道他們是怎麼變成男子漢，也一點都不想知道，但如果我隨意寫下的詞句改變了許多年輕人的人生——我吞了一口口水，轉移話題。

「話說回來——剛才那邊的涼亭有個穿和服的美麗女性，還朝著我這邊打招呼，不知是否為您的同行者？」

雖然這事一點都不重要，但我剛好想到就問了。

「穿和服的美麗女性，這個嘛……內人長得跟豬頭一樣，手下的女人也都是些花俏沒品的……啊啊，那應該是老闆娘吧。」

「咦?老闆娘?這麼說的話,是叔叔的……」

「這我就不清楚了,但這裡的老闆娘可是個大美人喔。被您這樣一講,我才想到今天還沒看到她,畢竟她總是很忙碌。」

大曾根發現我懷疑的神情,連忙閉上嘴,然後像是要把剛才的話收回似的改口說道:

「啊,他們並不是那種關係,一定的。應該是被雇用的老闆娘吧!畢竟大哥他骨子裡流著黑道的血,絕對不會一輩子只愛一個女人的。」

不知是褒還是貶,大曾根露出齜牙直到牙齦,打哈哈帶過。

「話說回來,那邊那位是您夫人?」

我這才察覺到清子正坐在房間角落,只要我沒下達指令就不會有任何動作,真是令人沒輒的女人。

「不,是我的秘書。」

「……秘書啊……唉呀,可真是會讓人看到眼睛掉下來的大美人啊。」

大曾根的嘴唇像是意有所指地歪向一邊。

「田村,妳先出去。」

我盡量用工作的口氣說道。大曾根因為這一句話像是被懷疑有邪念似的,抓了抓他的捲髮。

看來這男人內心其實很單純。

此時,敞開的房門外的走廊響起廣播鈴聲,粗野的聲音從擴音器裡用高分貝放出來:

「全體員工注意！現在頭目已經抵達了。所有員工、業界相關人員、以及俠義團體的客人，立即到大廳集合！」

這算什麼飯店啊？我不經意地抬頭望向天花板。

「喔，這下糟了，迎接時間比預定的還早哪。」

大曾根像是故意要給人看似的，秀出同樣像圖坦卡門的手環般的黃金手錶偷瞄，接著慌忙站起來。

「說去迎接，可是你是客人啊。」

「呃？不不，這不是什麼客人不客人，我是他的小弟，而我所有的手下就像他的姪子。」

「那麼身為姪子的我也得去迎接吧。」

「這……我不會說些客套話，就一起去吧，畢竟仲藏大哥他對禮儀可是很在意的。」

我會跟大曾根一起走出房間，根本不是要對仲叔盡到什麼禮貌，而是我想親眼確認仲叔究竟多有氣魄。當然，說不定可以把這場面寫進小說裡。

「田村，妳也要去嗎？」

我邀清子一起去，但她只是愣愣地望著紅色的牆壁：

「我不太喜歡這種事情……」

清子細聲說道，在側坐著的膝蓋上緊緊握住手帕。到底她想起了什麼，我晚點可要好好問她。

一下到大廳，還真是讓我驚訝到睜大了眼睛。

玄關的乘車處有穿著藍染日式外套的所有小二，玄關邊緣的橫木上則是穿著茄子色和服的女侍們。個個都跪著並將額頭放在地板上。

櫃檯前有個身穿燕尾服，似乎是經理的男子，還有感覺有些半吊子的櫃檯人員，旁邊則是料理長和其他廚師排成一列。

像是大曾根一行人的團體客人大概有三、四十人吧。所有人都很有江湖味道地蹲在地上，兩手放在膝蓋上並低下頭。

車子還沒到，他們大概是接到手機來電。

「請問，這是在做什麼?」

忽然從背後被人這麼問，轉頭一看，只見一位氣質與這不搭調的客人不安地看著大廳。他就像隨處可見的上班族——不論是明顯的中分髮線、剛進入老年期的外貌，或是穿浴衣的樣子及拿手巾的方式都能明顯看出。大概是剛好來這住宿的一般客人吧，要去洗溫泉時正好碰到這迎接式。

「是……拍電影嗎……?」

男子像是想這麼相信般的說道。

「說是這間飯店的老闆要來了。」

我總覺得很同情那位客人，因此盡量溫和、事不關己似的回答。那個男子打量了一下我的樣子，臉上顯露出安心的感覺。雖然由自己說有點老王賣瓜，但我對自己的老實人外貌有一定自信。乍看之下，像是商業區的老闆，這張富有平民老百姓風貌的臉是老爸留給我的最大遺產。托這張臉的福，不論編輯還是女人都毫無防備地靠過來，讓我撈了不少好處。

「你說老闆，也是那方面的人吧？」

「不清楚。但從這氣氛來看，大概也不是普通人吧！」

「到底怎麼回事啊？一點出來旅行的氣氛都沒有。真是令人討厭不安啊！」

我心想：要是討厭回家去就好了，要是不安的話不要看不就得了。然而男子完全沒有要離去的意思。

男子的表情給人感覺與其說是好奇，不如說是「一不做二不休」的魄力。

車子到了。就跟法會時看到的一樣——金色標誌的賓士 600 SEL。

大廳彷彿潑過水般安靜。

仲叔一站到乘車處，瞬間改變態度。他簡直就像是在花道[19]上擺出架勢的歌舞伎演員。穿著白色的麻襯衫，閃閃發亮的絲綢領口上還繫上貫著如拳頭般大小瑪瑙的波洛領帶。斜戴的巴拿馬

19 花道，歌舞伎裡一條從舞台延伸到觀眾席中的走道。

草帽感覺跟戰後的黑市老大沒兩樣。

高級感和庸俗感奇蹟似的調和，醞釀出高度的原創性，換句話說就是黑道流行的極至。我馬上聯想到太閤的黃金茶室，「真是了不得啊！」地感到佩服。

仲叔進到玄關後停了下來，用漆黑的太陽眼鏡反射吊燈的光線，不發一語睨視在場所有人。那付模樣，也就彷彿是太閤秀吉回到聚樂第一樣。

「您辛苦了！」

長得像仁王的掌櫃大聲說出後，以這為帶頭所有人都一齊跟著大聲說出。

仲叔環視大廳一周，看到呆立的我時停下視線，摘下眼鏡笑了一下。所謂的變臉大概就是這樣吧！

仲叔像不把其他人放在眼裡似的，朝著我筆直地走過來。

「喲，阿孝，來的好，來的好啊。我沒想到你這麼快就來了。」

仲叔用不符合他年齡、富有磁性的男中音說道。

「因為突然有必須完成的工作。我是依我個人方便來的，而且也並非一定要來這裡不可。」

仲叔回過頭使了個眼色後，出來迎接的人們隨著掌櫃所發的號令解散。就像我說的話讓這場儀式結束，讓我的心情非常爽快。

「這間飯店還真不錯嘛。看來我得對叔叔改觀了，畢竟我的年齡也不是老在提老爸遺言的年紀了。」

我用趁勢追擊的聲音說道。

「總之，來了就好，這段時間就好好享受吧！這裡的溫泉可以治百病喔，尤其對神經衰弱特別有效。」仲叔反擊說道，「還有一個，就是治多話呢！」

我大膽笑出來，仲叔則是「唉呀？」地臉色變得嚴肅。他的視線越過我看向後面。

「你是，木戶先生！」

我的身後傳來一陣驚呼。

「唉呀！唉呀！真是令人意外啊。這不是新洋商事的若林主任嗎？你在這裡是……偶然？」

仲叔也相當驚訝的樣子。

「是啊，偶然，我是透過觀光協會預約的。其實我昨天退休，和妻子來這做滿月旅行[20]。」

「喔，那真是不錯。可是話說回來，我和若林先生真是有緣。之前受了你不少照顧，真是謝謝。」

仲叔說道便有禮貌地低下頭，四周人的目光一下子都集中到若林先生身上。畢竟可是讓這個仲藏大頭目低下頭的人。

「看到木戶先生這麼硬朗我也很高興。不過還真是巧啊，你居然是這裡的老闆。」

「這是我們長年友誼下的結晶啊。來，站著說話也挺不方便的。」

20　滿月（フルムーン）是日本國鐵針對中老年夫婦所推出的優惠車票。

「說的也是，我也有很多想說的話——我先去跟內人說一下，不然我失蹤了她會擔心。」

若林先生一爬上樓中樓的階梯後突然停下腳步。在轉角處有個像是他妻子的中年女性，正抓緊棉袍的衣領站在那。

「怎麼……志保妳在啊。」

若林先生一副「妳看到了吧！」的表情，若林夫人也是一副「我看到了」的神情，兩人互視了一會。

「說受過不少照顧，老公，這到底是怎麼回事……？」

毛巾掉落在若林夫人腳邊。若林先生大嘆一口氣後看了看仲叔的臉，然後看向我這邊。

「唉呀—，看來似乎冒出了麻煩的工作哪。簡單來說他是我們公司的大股東。再來要怎麼說明好呢……。」

7

「有沒有……安靜的房間？
然後，還要酒跟飯……。」

——眼神呆滯的一家人站在半夜的玄關。

迷路下闖進的林間道路早已如黑洞般黑暗。

關掉引擎、頭燈，小田島仙次仰望著蓋住前車窗的草木好一段時間。

雲飄過夜空，但風是靜止的。

「到這裡就可以了，爸爸——你辛苦了。」

抱著哺乳中的孩子，妻子八重子坐在副駕駛座說道。敞開的乳房之白令人印象深刻。哭乾眼淚的妻子臉上看不出任何生氣。

你辛苦了，這句話在小田島心中強烈地回盪。穿著工作服的小田島將臉埋進掛在方向盤上的手臂問：

「孩子們都睡了嗎？」

休旅車的後座是就讀小學的一對姊弟，他們靠著彼此小小的身軀安穩地睡著。

「一定是累了吧。」

「他們應該沒有懷疑吧？明明也不是假日，卻說我們來去兜風吧。」

「可能隱隱約約有感覺吧，因為姊姊之前很害怕那些人。」

「孩子們應該不知道兜風的目的吧？」

妻子無力地把頭髮塞到耳後，臉貼到車窗上。

「誰曉得呢，若是知道了也是挺可憐的，畢竟這些孩子就算知道也不能做什麼。」

「果然還是應該放在姑姑那邊嗎？」

「不要再想了——。」

妻子確認嬰兒睡著後，仔細地將上衣的釦子扣上。

「這是我們反覆思考後的結論。」

對話停止，周圍的黑暗像是浸濕的衣服覆蓋在一家人身上。

到完全覺悟還需要一些時間。漸漸地，小田島適應了黑暗。

被票據追逐、置身如暴風雨中的日子就像夢一樣。不，說不定真的只是一場夢——小田島心中突然這麼認為，於是趕緊閉上眼睛，然後又畏懼地睜開。

可是不論重覆幾次，眼前都只有林間道路的無盡黑暗。

「那些傢伙會不會正在找我們？」

「不知道，他們都說我們去死是最快的方法。一定還坐在工廠的二樓喝啤酒吧。」

「那幾個混帳應該也有家人吧？」

「他們很快就會體會到了。結婚與生兒育女，等他們的孩子到了跟我們的孩子差不多大時，他們一定會後悔。」

小田島走到車外，一瞬間妻子戒備了起來臉上也露出僵硬的恐懼。為了讓妻子放鬆小田島逗弄了她一下，妻子這才眉開眼笑。

「要小心走喔，這麼暗。」

「我知道，我會的。」

小田島邊用腳尖去探路並聽到山谷的聲音，似乎比想像中的還靠近山谷，看來山崖邊是雜草叢生。

小田島回到車上後，只見妻子在儀表板上把安眠藥敲碎，再用打火機底部弄成粉末狀，放進保溫瓶的蓋子裡。

小田島一想到這女人居然為了做這件事而活了三十五年，每個動作專心的讓人覺得憐愛。

「河川不行哪，太暗了什麼都看不到，而且好像有很多樹木。」

「是啊，人家我因為夠重所以還沒關係，爸爸的話會在中途被勾住吧。」

壓低音量打開後車箱，從雜亂散落在後車箱的工具中拿出接管線用的橡膠管。

夫妻用平時的冷靜持續作業。

將橡膠管插入車門的縫隙，再用乙烯基膜和膠帶封住空隙。跟空調系統的應急措施一樣，小田島邊熟練地邊做邊想。

話說回來，我的人生還真是被工作填滿了。

我能在工商區的大樓維護公司上班，是因為就讀工業高中時取得鍋爐技師的證照，還有手巧加上喜歡機械相關的工作。後來我在二十五歲的時候，開始經營專門修理大樓空調和電路管線的公司。

當時剛好是經濟高度成長期中建設的各個大樓開始大量出現損壞的年代，所以工作要多少就有多少。

我僱用專業技師、租借工廠，過沒多久甚至一手包辦一棟聳立在海灣的高層大樓的維護。

我沒有沉溺在酒國或是賭博，也沒有做有害信譽的事情，收支都有好好管理。簡而言之，是發生了一個像是選手全心全意奔跑途中，腳卻忽然抽筋般令人失望的意外。

佔了營業額八成以上的高層大樓突然提出中止契約，原因是不景氣要刪減經費——理由就只有這樣。

我從不相信運氣這種東西，也不曾靠運氣生活過。可是卻讓人不得不去在意運氣是存在的，壞事接踵而來。

我當連帶保證人的業務夥伴倒閉，於是被要求償還沉重的債務。一直以來最信任的技師出去自己創業，還把僅剩的客戶全都帶走。就讀小學的女兒得了腎炎，必須一直接受人工透析。

我愈是努力苦撐，最後垮下的方式也愈慘。公司被銀行拋棄後由地方金融接手。用已抽筋的腳拼命跑下去的結果卻是這樣。

超過二十年勤奮工作的下場，居然是用對空調裝置的緊急措施送自己最後一程，小田島感到十分諷刺。

密封好車門，正要將橡膠管的尾端接上車子時，小田島一蹲下發現消音器已經嚴重腐蝕。發動引擎拿出手電筒照了後，才知道車子的廢氣從生鏽的管路各處洩漏出來。

「你也是做了不少工啊。光做到一半，也有十五萬公里的里程數。」

小田島邊敲車身邊獨自說道。

公司的車被債權人全數拿走，只留下一輛，還是一台要拿去借錢也拿不到半毛的破銅爛鐵。

「喂，媽媽。聲音這麼大，孩子大概也會暈車吧？這樣車檢根本不會過啊。」

「現在不是搞笑的時候了，趕快想想辦法吧，這應該比大樓的接管容易吧？」

雖然小田島試著用膠帶包住腐蝕掉的部份，但生鏽的鐵上面沒辦法固定膠帶。接著把塑膠袋接在一起試圖包覆整個消音器，但塑膠一碰到正燙著的排氣管就融化了。

「世上沒有我修不好的機器。」

小田島邊唸道邊潛入底盤下，中途吸到廢氣而整個人不舒服。

想著要吸這些廢棄到死大概會更痛苦吧，他一面仰著頭探出去呼吸空氣時，女兒放下車窗看著小田島的臉。

「咦？爸爸，你在做什麼？」

「車子壞掉了，在這種山裡面真傷腦筋。」

「爸爸會修好吧？」

「我也不知道，要是修不了而放棄，這會是我打出生以來第一次。」

「騙人，明明就把人家的削鉛筆機弄壞了。」

小田島從車底下爬出來，揉著太陽穴。

「怎麼了？頭會痛嗎？」

「嗯，因為吸了廢氣。廢氣裡面有很多毒的。」

「喔──，跟人家的血一樣，車子也要『豆吸』。」

女兒從車窗探出身子，伸了一個大懶腰。

「啊，糟糕，明天是星期三。要去『豆吸』喔，爸爸。」

「明天怎樣都無所謂，反正回不去了。」

「醫生叔叔有說，如果不去血就會變髒，然後我就會死翹翹。」

女兒說道看著父親，那是預見到不合理的死亡眼神。想必她是透過這些話來指出父親矛盾的行為。

「妳已經不用再忍受那樣的痛苦了，辛苦了。」

小田島抱住女兒小小的臉，想起女兒忍著痛苦接受人工透析的表情。

「爸爸我會修好的。」

說完，小田島對自己話中不抱希望的感覺不由的打了冷顫。

「爸爸，」女兒撒嬌似的抬起頭，用手指擦拭父親流著黑色眼淚的眼瞼。她雖然身體虛弱，但是個聰明的孩子。「人家不要會痛的，人家不喜歡難受的。」

月亮爬上山頭，把女孩的肌膚照的白嫩。

在這最後的最後，為什麼我還要做這麼殘忍的工作呢?小田島看著連月光都會失明的白嫩後頸想著。

「媽媽，我餓了。」

小姊姊三歲的弟弟醒了。母親坐在副駕駛座不發一語，十歲的姊姊卻用跟母親一模一樣的說話方式罵弟弟：

「你快去睡，爸爸和媽媽很辛苦的。」

「可是姊姊，我好餓睡不著。」

「已經不用去管了，反正馬上就連肚子也不會餓了。」

面對女兒堅強的話語，母親的背顫抖了一下。

妻子似乎再也不能忍受這種情況，抱著嬰兒下了車。

「爸爸，車子就算了吧。姊姊看起來已經了解了，就把藥吃了吧。」

小田島刻意避開妻子聲音來源的方向，環視四周被月光照射出的夜色。這裡距離鎮上相當遠，大概就連白天也沒什麼人會來吧。

「如果不放心的話，爸爸你就看到最後吧。好好看到最後，只剩下爸爸一個人時應該就簡單多了吧。」

「……也是，就請你們先去吧。」

「對不起，總是讓爸爸做這種不討好的工作。雖然我不介意換成我，但孩子們跟著我比較安心。」

小田島在離車子兩三步的距離，仰望聳立於漆黑夜空下的群山。

「要不要再往山裡面走?在車子裡總是不好受。」

「孩子們不知道會不會怕？」

女兒從車窗探出頭插嘴說道：

「人家喜歡山裡面，還有可以看見月亮的草地。」

「不曉得有沒有那樣的地方呢。」

母親被女兒的開朗鼓勵而微笑。小田島想，簡直就是來這裡踏青，然後尋找吃便當的地方。

「好，你們等著，爸爸會找到可以看到月亮、有軟綿綿的草的地方。」

走出林間道路，小田島面向妻子說道：

「可別先走了啊，我們大家還要一起唱歌。我會盡快回來。」

走了一段陡坡，傳來了家人的歌聲，彷彿要將樹木之間的空隙填滿似的。小田島邊走邊摀住耳朵。

他根本沒有要找自殺的地點。在被夜露浸濕的密林裡，根本不會有那種地方。他只是不想在妻子面前失去控制。盡情哭過後再恢復成平時的表情回去吧。小田島加快了腳步。

當只剩下自己後，一如所料，眼淚就決堤了。小田島踉蹌地走在往上延伸的砂石路上，放聲大哭。

小田島走了一段路後，夜空突然在眼前展開。是杉木被採伐後留下的山脊空地。

自低潮中獲得解放，小田島跳舞似的走著。

「這裡好，這個地方好。」

這裡是排列著剛被砍伐掉的樹根的緩坡。想到彷彿是上天為了自己一家人所準備的地方，小田島邊哭邊笑。

往上延伸的山脊前頭說不定有塊淨土，綻放著美麗顏色的花朵，一定是這樣。一家五口只要越過長著茂盛伏松的山脊，就可以到達沒有痛楚與痛苦的靈界——小田島如此認為。

小田島踏過伏松爬上山脊。然而爬到頂後，他看到的既不是淨土也不是極樂世界，而是重重黑暗以及他捨棄掉的遙遠街道的燈火。

折下伏松的樹枝，小田島咬住嘴唇。在這眾多燈火之下，一定有許多不必如此尋短的家庭在享受這幸福的夜晚吧。詛咒他人這種事，恐怕是小田島打出生以來第一次。

相距不遠的山腳，小田島看到一棟從窗戶放出一排光線的建築物。一豎起耳朵，是可以聽到人客酒後的歌聲和笑聲那樣近的距離。露天溫泉的熱氣在水銀燈下上升，還聞到些許硫磺的氣味。

小田島仙次慢慢站起，跌跌撞撞跑下方才爬上來的伏松山坡。

一回到林間道路，小田島拼命地跑向車子。一面跑一面滿腦子猜想妻子他們會不會已經把藥吃下去了？同時大喊著每個人的名字。

妻兒們在白色的道路上圍坐成一圈，不解地看著飛奔回來的先生。

「欸，媽媽，要不要去泡溫泉？」

「……溫泉，老公你……。」

「有什麼關係，反正我們也不需要付錢。吃一堆好吃的、把身體洗乾淨，然後再去也不遲吧？」

「可是……這樣太給人家添麻煩了。」

先生突然大笑了出來。

「麻煩？妳說麻煩？——我啊，讓大家去趟奢侈的旅行是我的夢想。比起軟綿綿的草地，還是軟綿綿的床鋪比較好。就這樣吧。」

哇——，孩子們跳了起來。妻子抱著嬰兒抬頭望向高掛在夜空的月亮。

「——說的也是呢，爸爸，我們活到現在從沒給人添過任何麻煩。」

同一時間——仲藏老闆和若林隆明先生在別房裡用往事當下酒菜一起飲酒。

若林夫人泡在溫泉裡猜想先生和飯店老闆兩人的關係。

她身後岩石的另一端，屏住氣連鼻子也浸在溫泉裡的，是有些酒意、心情愉快的大曾根老大和他的手下。在溫泉蒸氣籠罩下，大曾根賭對面的人是老太婆一萬，小弟則賭年輕女孩一萬。若林夫人完全不知道自己的身體成了別人賭博的對象。

木戶小說家從冰箱裡拿出一瓶提神飲料喝下去，補充體力後面向桌子正要開始工作時，突然念頭一轉，跑去將熟睡中的田村秘書叫起來。

頂樓的一處，阿妮塔隨著小二岡薩雷斯的吉他伴奏唱起故鄉的歌。

服部師傅和梶料理長各站在廚房一端，沉默地磨著自己的菜刀。

黑田副經理在帳房一手拿著使用說明書，一臉皺著眉頭的仁王表情和電腦搏鬥。

然後——花澤經理正向值班的年輕人反覆仔細說明櫃台業務的基本事項。

「有人在嗎？請問還有空房間嗎？」

一回過頭去，只見門口佇立著落魄疲憊的一家人。不論是父母也好孩子也罷，個個渾身泥，一點都不像是出來旅行的。

「您好，歡迎光臨。」櫃檯人員反射性地回答，經理則把櫃檯人員叫了過去。

「來，這裡正好有一個題目考考你。像這種情況你會怎麼做？」

「什麼怎麼做，我們還有很多空房間。」

「不，是客滿了。像這種一看就是有隱情的夜半客人就要拒絕。這是值班櫃檯人員的鐵則。假設，如果這家人是要來自殺的話，你怎麼辦？在這裡某座山中沒死成，信步走來這裡的話？」

「可是經理，如果因為對方有隱情而拒絕的話，那這裡就一個客人也沒有了。」

老練經理的判斷正可說是一個專家的洞察力，但只見值班的新手淡淡地反駁道：

「可是這是基礎啊，基礎。我們以基本的飯店業務為目標吧。」

這倒也是，花澤經理想著。

「這樣嗎。可是雖然您這麼說，第一，我們這些員工一點也不基本。有的人是緩刑或假釋中，有的是被列入黑名單，還有欠了一屁股債的……。」

其實自己也是這其中一人，花澤經理心想。告訴他們基礎前必須先把常識丟到一邊，實在是很難的一件事。

「你看仔細一點，不覺得他們的樣子有點悽慘嗎?要是他們今晚上吊自殺的話，你也會很為難吧?」

「不會啊，我已經習慣了。雖然我不喜歡殺人，但是屍體的善後工作倒是無所謂。像前任飯店經營者一家人自殺的時候，我自己就把他們吐出來的血擦掉，還把榻榻米換過了呢。」

花澤經理毫無反駁的餘地。

「等、等一下，你說前任飯店所有者全家自殺了?那是真的嗎?」

「咦?經理不知道嗎?糟糕，我該不會說了不該說的吧。」

「不，我身為經理，應該知道所有事……。」

一家子人挨著彼此看著櫃檯。這說不定是來真的，花澤經理想。

「還是先去問一下黑田——這位客人真是不好意思，請稍等一下。」

年輕人打開連接帳房的門，叫了黑田：

「頭兒，有沒預約的客人。」

敲著鍵盤的手停下，黑田怒吼回道：

「媽的，少在那胡說八道!這種時候哪還會有客人來啊!」

「是真的，因為好像有些隱情，所以經理要我來問頭兒。」

「這種大半夜會來我們這的，都是有隱情的啦。是怎樣的傢伙啊？逃獄的？還是被通緝的？哪種啊？」

黑田慢慢地從帳房出來，用似乎擅長鑑定人事物的眼神盯著一家人。

花澤經理壓低音量對櫃檯裡說道：

「我個人認為應該拒絕比較好，你覺得呢？」

「嗯……確實不是鬧著玩的……。」

「對吧，就這麼做吧，黑田。」

黑田視線不離客人說道：

「不，雖然我不是要跟經理先生唱反調，但是這裡可不可以先交給我呢？」

「呃，這倒是沒關係……但是，我還是有點……。」

「就算有個萬一，我也不會讓經理您收拾善後的。」

走出櫃檯，黑田說道「歡迎光臨」，並向一家人靠近。

當一家人踏上擺著豪華的裝飾品和誇張色調的大廳時，他們的模樣更顯得破爛、可憐。

「有沒有……安靜的房間？然後，還要酒跟飯……。」

父親抱著孩子的肩膀說道。

看吧，果然說了，花澤經理想。要自殺或殉情的，肯定都會要求「安靜的房間」和「酒跟飯」，毫無例外。

「好的——喂，帶到富士見之間。」

「是低」，只見花澤經理制止了年輕人正要去拿鑰匙的動作：

「等一下，黑田。富士見之間不是特別客房嗎？」

「是低，所以呢？」

「什麼所以，這說明起來要講很久，可是……。」

黑田一把將鑰匙拿去，湊到花澤經理耳邊。

「就算您不說明我也了解。可是啊經理先生，雖然不曉得會發生什麼事，但至少讓他們在豪華的房間住上一晚做個好夢，不也是出自於人情嗎？」

「講白一點是這樣沒錯……先不論錢，但也沒必要讓他們住特別客房吧？」

花澤會這麼說，是有他專業的理由。

因為發生過自殺或殉情的房間會變得不乾淨。不只員工會害怕，像這種房間有時也會發生靈異的現象，這些都是實際常聽到的。

花澤過去服務過的一家飯店，就有間永遠封印的房間。要是有個萬一，讓特別客房變成了「緊閉客房」就不得了了——花澤經理是考慮到了這點。

「要是讓特別客房永遠都不能使用的話，你……。」

花澤經理挑明說道。黑田張開那張大嘴，反駁道：

「是低，我也不是沒想到這一點，所以才更要帶他們去富士見之間。」

「這是為什麼?」

「沒什麼，因為那間房間——早就不乾淨了。」

8

「不巧，對戴著不同家徽的各位小哥們，
我不方便透露自己的身分。
我是基於某些理由才來旅行的。」

——溫泉蒸氣之中，旅人打開緊閉的雙唇說道。

若林夫人泡在露天溫泉裡，抬頭望著天空中的銀月。

夜晚的雲盤在山頂，晴朗的夜空帶著無底深淵的顏色。遮蓋寬廣浴池大半邊的柏樹皮屋頂正好切掉了月亮一部分的倒影。

自己應該是知道丈夫的一切的。

不管是丈夫用什麼嘴臉去討好上司，還是用哪種難聽的話斥罵部下。就是他在員工餐廳挺直了背用餐的模樣、在電梯中看著樓層顯示的眼神、接待客人時熱忱的樣子，若林夫人都能像是當場親眼看過般在腦中描繪出來。

可是，跟看似黑道大哥的飯店老闆親密交談的丈夫，卻完全超越了她的想像。

自結婚以來，他是個每月都會定期檢查家裡收支簿的丈夫。也是個書架上只要有一本書擺錯順序也能馬上發現、開飯前一定要把餐桌上丁點灰塵擦掉的丈夫。

這樣嚴謹的先生，居然會和黑道老大來往。而且他沒有避開這意外的相會，甚至還熟稔地交談。不只如此，當被邀去別房時還一副很開心的樣子前往。

若林夫人有種感覺，理應完成的縱橫字謎遊戲裡，卻出現一行忘了填上的空白格。

他們是銀座俱樂部的酒友嗎？還是學生時代的同班同學？

一一回想剛才的對話，若林夫人思考了許多假設。

廣大浴池的中間，是勉強隔開男女池的竹牆圍成的混浴池。雖然靠在岩石上不會有什麼不安，但從滿是縫隙的竹牆另一端傳來男人的聲音還是讓若林夫人感到在意。

不知那些男人是不是喝了不少酒，一開始原本壓低的聲音，隨著泡溫泉的時間愈長，也愈來愈大聲了。

若林夫人起身打算回去泡室內溫泉時，男人們的話題卻轉向意外的方向。於是她將泡熱的身軀再次浸入溫泉，豎起耳朵仔細聽。

「木戶老爹沒出現在宴會上哪。」

「該不會是血糖值又升高了吧?還是說，在跟那個小說家一起喝酒……。不對，等等喔。剛才老爹在大廳意外碰到的那個老頭啊，應該是跟他在一起的吧?因為老爹看起來很懷念的樣子。」

「啊，對喔，一定是這樣。可是老爹不是說那個老頭是什麼新洋商事的員工還什麼的?真是奇怪，新洋是指那個總和商社的新洋吧?」

「對喔，看他那付威嚴的樣子，應該是高層的人吧?」

「那為什麼木戶老爹會和新洋商事的菁英高層認識?」

「他們可不是莫名認識在一起的。你們幾個還年輕大概不清楚，但是大哥他做的是職業股東。在商法修正後不能明目張膽地營業，但是一提到木戶仲藏這名字可是無人不知無人不曉。如何啊，大哥跟我們這些搞賭博的等級是不一樣的。」

「嘿——職業股東嗎，真了不起啊。」

「不是我在亂說。所以現在大哥才成了這間大飯店的老闆。總之，那個老頭大概是新洋的主任之類的吧。」

「那他們兩個不是互相避開比較好嗎？在這種沒得逃的地方正面碰上。」

「不對不對，才不是那樣。對職業股東來說，一流企業的主任可是同生共死的夥伴啊。雙方聯合起來，把其他的廢物從股東大會上踢出去。簡單講就是以毒攻毒，這可是很重要的職務。要是有個萬一，因為違反商法被踢爆的話，公司也會裝作毫不知情，接著被抓去跟職業股東一起判刑。換句話說，那兩個人是戰友。」

「哇咧！當上班族還被抓去坐牢，真是划不來。」

「是啊。何況是每天被夾在黑道和公司之間，不只有丟掉飯碗的可能，甚至還有丟掉生命的危險。一直走在名為新洋主任的這條路上，可是比混黑道還辛苦。而且啊，對老婆小孩也不能吐苦水，很累人的。會有威嚴也是必然的吧。」

「真是的，沒當上班族真是太好了。既拿不到幾毛錢，還得帶著像梅乾的老太婆做什麼滿月旅行，真是夠嗆的人生啦。」

此時若林夫人正用手掬起長竹管的水，眼角的皺紋拉得老長。

男人們的對話在造景假山之間迴盪，就像夢中聽到的耳邊囁語。那些酒後說出來的傳聞可信嗎？若林夫人想著想著臉色沉了下來。

突然男人們的聲音壓低到聽不見的程度。若林夫人原以為是溫泉水聲的緣故，卻發現竹牆的縫隙間有兩顆人頭靠在一起。若林夫人發出小小的驚呼並遮住胸部，背對那些男人們。

「你看，老大，是小姐啦。」
「聽你亂講，是老太婆才對。」
「太暗了看不太到哪。」
「這位小姐，面向這邊嘛。」
溫泉水面起了陣陣水波，男人們的笑聲和酒氣漸漸靠了過來。若林夫人沒辦法從溫泉裡出來，被迫躲到岩石後面。
此時，另一個聲音從竹牆的對面傳來叫住了男人們。
「各位小哥，請不要這樣。」
男人們面露不悅停下腳步。一想到接下來搞不好會鬧出什麼事，若林夫人便從岩石後面膽顫心驚地回過頭看。
「怎麼?你這小子——嗯?沒看過你哪，是飯店的小弟嗎?」
隔了幾秒，年輕男子出聲簡潔地回道:
「不，在下是一介旅人。」
「少用那種不俗的說話方式，啊哈，這小子也不是什麼正派人士。喂!你有沒有搞清楚自己住在什麼地方啊?」
男人們邊展示著背上的刺青，踢濺著溫泉的水朝男浴池走回去。
若林夫人用既害怕又好奇的心情慢慢靠近竹牆。從縫隙間看過去，一名年輕男子將浸濕的頭髮綁在後面，頭靠在石牆上靜靜地泡著溫泉。閉上眼睛的臉有著端正的美人尖，一點都不像是道上的人。在兩個男人包圍下，年輕男子慢慢張開眼睛。

「你這傢伙是混哪裡的？」

年輕男子毫無畏懼，打開緊閉的雙唇說道：

「不巧，對戴著不同家徽的各位小哥們，在下不方便透露自己的身分。在下是基於某些理由才來旅行。」

年輕男子的聲音裡一絲情感都沒有。語尾因為地方口音的關係，乍聽之下感覺有些笨拙。大曾根環抱雙臂大笑：

「搞什麼，被踢出組織了嗎？就算被列入黑名單也不捨棄所謂的道義啊？所謂身不由己是吧？可是，光一句因為某種理由所以在這裡，這樣木戶頭目的面子要往哪擺？小心被趕出去啊。」

年輕男子眼睛看著下方，緩緩起身的肩膀上也有刺青的圖案。他那嬌小的體型和溫柔的面孔看起來一點都不搭。

一邊窺視著健壯男人們的裸體，若林夫人的胸口感覺有如晨鐘般大聲敲響。

「即便小哥們不說，若是添了麻煩的話在下自己會出去。」

「喔，這不是願意開口了嗎？這傢伙的城府之深和臉一點也搭不起來——欸，怎麼樣？看情況的話，我大曾根也可以聽聽你那所謂的理由喔。」

年輕男子第一次，用炯炯有神的眼睛對上大曾根。

「承蒙厚意在下不勝感激，這位大哥。但是，所謂哪怕縮小了在這社會上的圈子，也不要縮小在道上的圈子。受到做偷窺女浴池這種不入流的行為的人關照，在下也是挺困擾的。」

年輕男子唰地走出浴池。

「媽的，你說什麼……。」

大曾根正要用手抓住年輕男子的背時，他和其他小弟們像是彈開似的跳往一旁。

「老大，這傢伙……。」

留下喃喃自語呆站在那的手下，大曾根沒命地往室內浴池跑去。

到底發生了什麼事？——若林夫人用手指把竹牆撐開一個縫隙，張大眼睛瞧看。

年輕男子若無其事地在屋簷下的淋浴處清潔身體。

「這位小哥，身為隨身保鑣可不好離開老大身邊喔。」

「是，是仾。」大曾根的手下像是解開咒縛般，慌張地離開浴池。

嘩啦地水從桶子灑出來流過身軀，男子的背在月光下顯現出來，若林夫人不禁倒抽了一口氣。

想不到在這強壯的年輕男子的背上，有一頭幾乎會從肌膚上一躍而出的七彩老虎，還露出牙齒彷彿瞪視著若林夫人。

雙肩則有洶湧的黑雲，從結實的腰到臀部是鮮綠色的山白竹，被老虎的腳踩在下面。

若林夫人看著靜靜洗身體的年輕男子的背好段時間，像是被一幅畫吸住一般。

「還會有醉鬼來的，妳最好進去屋子裡吧。」

忽然年輕男子頭也不轉地說道。若林夫人這才趕忙將竹牆縫隙間的手指縮回來：

「那個……很感謝您的相助。」

「不會，只是舉手之勞罷了。」

年輕男子蹲踞著往挺直的背部潑上溫泉水，隨後離開室外浴池。當他打開連接室內浴池的拉門時，裡面的笑聲瞬間全部停止。

「梶先生，不好意思今晚有臨時投宿的客人。是一對夫妻、兩個孩子跟一個嬰兒，能不能做點宵夜呢？」

梶料理長用眼神示意後，一面思考菜單似的看著已經收拾清潔完畢的廚房。

「我來做義式燉飯吧，已經這麼晚了，梶先生先去休息吧。」

雖然服部師傅沒有別的意思，但是梶料理長一臉不高興地轉過去：

「不，廚師先生您先去休息吧，我會做些雜燴粥之類的。」

真是個頑固無情的料理人啊，服部師傅心想。梶這個男人不知道什麼叫做笑容，簡直就像會說在廚房發出笑聲是禁忌。

「我用剩下來的食材來做，對小孩子來說義式燉飯比較好。」

「這怎麼行，我所做的料理哪能讓人有好惡之分。」

服部師傅邊說邊拿出平底鍋，料理器具今早才剛從東京送到。雖然菜單還在構想階段，但是要讓這個沒見過世面的料理人低頭的話，光用義式燉飯應該就很夠了。

「不，應該做雜燴粥。」

梶拿出沙鍋。

「義式燉飯好。」

「我說雜燴粥就是雜燴粥。」

黑田像是網球場上的觀眾，追逐著兩個料理人的對話，好不容易找到機會插進去：

「真是受不了，這種時候不管哪邊都沒差吧？你們也不要為了這種小事爭執。」

「明明就差很多！」

梶料理長那張刻畫著深深皺痕、強硬頑固的臉面對著黑田。「如何？在溫泉飯店做什麼西式料理，你不覺得很奇怪嗎？什麼皇冠飯店的料理長的，還是從法國學成歸國，我壓根兒都不知道，在這個深山溫泉一點都不需要那些東西。」

「誠如您所言，梶先生。」服部廚師反駁道。本來服部想在展露出能被這世上的美食家讚嘆為天衣無縫的整套料理前不要引起任何爭端，但被說成這樣也不可能保持沉默。

「今後這裡要轉型成高級度假飯店。因此不論如何都要以西式料理為主，日式料理只要在舉辦宴會的時候再拿出來就好了。」

「開什麼玩笑。不是我自誇，本人梶平太郎從十五歲的春天開始，整整四十個年頭都在這個紫陽花飯店當廚師，可還沒到要聽從一個新人的指示。」

「你們有完沒完！」黑田突然用雙手敲打不鏽鋼料理台。

「那些小鬼還餓著肚子在等，少說些五四三的，兩種都給我做！」

兩個料理人鎮定地瞪回去黑田一眼，彷彿聽到槍響般同時開始做料理。

梶料理長剖開香魚。透明的脂肪一丁點都沒被削下，一一把小魚的骨頭除去，那手指的動作有如精密的機械。

對服部廚師來說有一個不利他之處。雖然廚具齊全了，但是沒有準備好食材。他用銳利的眼神睨視冷凍庫內，把用得上的材料全拿出來。蝦子、花枝、蛤蠣、蕃茄、洋蔥、大蒜、紅蘿蔔、芹菜──有這些就足夠了。

服部一面將調味的蔬菜切丁，一面做著番茄醬汁。將大蒜和洋蔥炒到變色為止，接著加入蕃茄繼續炒。

突然，服部廚師的手停了下來。

（月桂葉！）

真是大意，使用魚貝類的義式燉飯，月桂葉是不可或缺的，但香料還沒送達。

當服部用目光搜尋著架上有什麼可以替代的東西時，梶料理長停下手說道：

「要月桂葉的話這裡沒有喔，廚師先生。用這個吧。」

梶料理長從塑膠容器裡面取出山椒葉。接著拿起一點點緊抓在手掌心，碰地一聲敲下去，將葉脈都敲碎了。

「啊，謝謝了，這真是一個好提議。」

將山椒加入蕃茄醬汁後，一股清爽的香氣散發了出來。確實是股好味道。

可是，為什麼梶料理長知道自己要用月桂葉呢？甚至知道可以用山椒葉代替，服部廚師的背脊涼了一陣。

黑田緊盯著兩個料理人工作的樣子。兩人一絲不苟的動作和緊張氣氛，使用菜刀和廚具時的熟練手腕等等，令他覺得料理真是個值得一看的表演。

不久後，冒著熱氣的砂鍋和燒得通紅的平底鍋幾乎同時放在黑田面前。

「好了，頭兒，吃看看吧！這是梶平的雜燴粥，為了吃這道料理，有的客人甚至遠從北海道或是九州過來。」

「請用，這是服部廚師的深山溫泉風義式燉飯，就算在香榭麗舍大道也吃不到。」

黑田首先將香魚雜燴粥放到小盤子上試吃。

（真好吃……真是難以置信……。）

用水漱過嘴後，黑田換喝了一口義式燉飯的湯。

（好、好好吃……這也是令人難以置信。）

兩個料理人也試吃了對方的料理，但彼此卻面無表情轉過身開始收拾。

黑田用內線叫了人之後，阿妮塔和岡薩雷斯穿著拖鞋啪噠啪噠走了過來。

「趁冷掉之前送過去，送到富士見之間。富—士—見—之—間。優，安德斯但德？」

「O—K—，頭兒。」

岡薩雷斯彎下高挑的身子一聞到味道，「噢—，貼斯梯[21]！肚子，餓了。」還露出燦爛的笑容。岡薩雷斯和阿妮塔邊用塔加拉語聊天，把餐車推了出去。

面對兩個扳著臉孔的料理人，黑田想說些什麼卻又找不到適當的話。

「好啦，你們好好相處啊，兩位辛苦了。」

儘管黑田離開了廚房，雜燴粥和義式燉飯的馥郁香味仍留在鼻腔久久不散。甚至分成走廊的左側和右側，似乎不論黑田走到哪裡都會追上來。咕嚕一聲，肚子叫了。

服部洗著粘板，想著一件無論如何一定要說出來的事，於是開門見山說道：

「那個，梶先生。雖然只是小事，但是能不能不要叫我廚師先生？」

梶收起菜刀，用沒有笑意的眼睛往上看：

「那，我要怎麼叫？」

「就叫我師傅。」

服部得意地說道。

21　用日式英文發音說：tasty。

「是嗎？好吧，你的廚藝確實不錯。但相對的，你也要叫我料理長。」

梶料理長用包巾包住收納菜刀的梧桐箱後，留下這句話就步出了廚房。

9

「有人在偷窺我們……
叔叔，果然有人在偷窺，你看。」
——乖僻小說家害怕地指著露天溫泉的竹牆。

我用細小的字體把日記本的一整頁填滿後，闔上封面。

我沒有一天不寫日記。在別人眼裡，大概會認為這是幾近瘋狂的行為吧！

前前後後共計約三十本的日記，都在書房的一角和昂貴的全集書、諸橋大漢和辭典放在一起收藏。

我的第一本日記是寫在大空格的筆記本裡，上面的平假名就像用畫的。

到了小學高年級時換成B5的橫式筆記本，國中則是大學用的筆記本。

高中時代起，我用過的市售年度記事本算起來有十本以上。突然改用皮革表面的書皮是在二十八歲，我拿到某文藝雜誌新人獎的翌年。到今年已經是第七本，換算成稿紙的話不知會有幾萬張。

總之，我不論生病還是旅行，每天都會寫日記。

小學時有次騎腳踏車摔倒右手骨折時也是，我用左手一個字一個字邊哭邊寫。其他還有發燒臥病在床、和女人鬼混、自衛隊時期被調派去演習或是賑災的時候，會把寫在記事本上的內容重新抄寫一遍。去國外旅遊時就會像這樣：「七月二十日（當地時間十九日）」，附上註明。

總之，從沒有少過任何一個日期。

我到最近才發現在面對稿紙，用寫日記當作熱身很有效，來到此之前我完全不覺得寫日記有任何意義。

儘管我心裡知道做這種事沒什麼用，還是持續了三十年。

問我為什麼，我也想不出理由。硬要說的話，就像睡前要刷牙，或是明明不想上廁所卻每天早上都去洗手間這類的習慣。沒錯，除了習慣什麼也不是。

但有件事是可以肯定的，就是原本什麼優點都沒有的我，因為這個習慣所形成的大量累積，讓我今天加減混到了一個飯碗。雖然是個龐大的效果論，但這是事實。

就像一直持續一個沒什麼可期待的習慣，結果某天早上照鏡子突然發現門牙變成了金牙。或是某天早上意外地跑出黃金糞便一樣。

因為我日常生活中很少跟人見面，所以不會發生什麼特別的事。因此最近的日記幾乎都是寫工作的進度，或是只寫下像天聲人語[22]那樣的短文就結束了。

今天難得過了一反如常的一天，所以寫滿了整頁。

我乘著這股氣勢面對稿紙，在古老的滿壽屋製紅格紙的格子上寫了三行一句話的句子後，就遇到挫折了。

今天一整天出現在我面前的人，個個都是奇異的存在。我感覺在這飯店的大半夜裡，他們都注意著我的筆尖。

尤其一直無法從腦中揮去的，是出現在前院涼亭疑似老闆娘的身影。一部分是因為她站立的姿態彷若紫陽花的精靈令人印象深刻，另一部分是假使她是仲叔的妻子，對我的未來會有偌大的

---

22 天聲人語為日本朝日新聞報的一個社論專欄名稱。

影響。也就是過去幾天我所描繪的夢想會馬上粉碎。

翻開文學史，有所成就的作家個個都有相稱的人格特質，乖僻類型的多半在中途就離開人世，或者落魄地死去後才得到名聲。

身為乖僻作家的我想要有所成就的人生，所以強烈希望當上這間飯店的老闆也不是沒有道理。

因為三分鐘熱度所以往往很快就放棄的我，回憶著美人的身影，想著：果然還是不行啊……，瞬間喪失了工作意願。

那麼，工作意願和性慾兩者密不可分這點是眾所皆知的事實。

在工作意願強烈的早上通勤途中，會思考「想來個一發」的男人打從一開始就不會有，但是在搖搖晃晃、拖著疲累身軀毫無幹勁的回家途中，每個人都會「想來個一發」。

因此，工作意願明顯低下的我，馬上起身走去清子的房間。

雖然和清子認識已經三年，但我都不把清子當成清子抱著。而是當作我正在執筆故事中登場的某個女性角色。當然，我自己也變成了登場角色之一。

因為這個緣故，我和清子做愛時豈止有四十八手[23]，根本有無限的選擇，有時像是：

「妳這娘們還不老實一點！妳看，妳身體可沒在說不要呢！」

23　四十八手原指相撲比賽中決勝負的招式，在此指男女做愛時的體位。

等等的邊威嚇邊賞她耳光到快流出鼻血地玩強暴遊戲。或者有時是：

「不要這樣，請不要這樣，夫人。如果做這種事情的話，我沒有臉見老爺的。請您住手，住……啊啊！」

對於這華麗的性交方式，一開始清子以為我有多重人格而感到驚慌。但因為她骨子裡是喜歡做愛的高手，所以很快就配合我的行為。

玩強暴遊戲時還會適時地做出抵抗，甚至不忘流下幾滴眼淚，當察覺到自己的角色是扮演不倫的妻子時還會：

「求求你，好、好嘛，就一次，這裡啊，這裡。」等等的，下意識地說出口。

大約是這樣的方式。雖然清子的腦袋不太好但直覺挺敏脫的，最近也不必一一對她說明情境。如果事前告訴她男人的名字等等，能得到更真實的感動。

我所預設的場景是：殺手和他的女人的最後一夜。

小說中登場的年輕殺手在暗殺成功後，把女人叫到郊區的賓館，兩人用沾滿血的身體激烈地傳達愛意。男人打算就此踏上亡命之途，但想到才剛犯下謀殺組長的嚴重性，就覺得不可能順利逃走。

男人搭巴士赴約時，女人在猶豫之後向警察報案。要守住情人的性命就只有這個方法了。

不久後警察包圍整個賓館。

「幸枝，妳出賣了我嗎？為什麼要這樣對我？這世上我只相信妳一個啊！」

「請你原諒我，阿昭。我，肚子裡已經有你的孩子了，我不能讓這孩子沒有爹。我，不論幾年都會等的。我會給孩子看你的照片、讓他記住你的臉，就忍耐一下吧，阿昭。」

在舉著槍對向建築物出入口的男人面前，女人白皙的裸體擋住了去路。

「如果你無論如何都要去的話，就用那支傢伙殺了我們的孩子後再去吧。若是要讓他變成像我和阿昭這種沒爹的孩子的話，還不如不要生了！」

男人朝女人的臉上揮了一拳之後，又一把緊緊抱住，吻了下去。

——大概是這樣的場面。

一個剛殺了人的男人，同時是一個今後要開始亡命天涯的殺手，究竟會如何擁抱他的情人呢？

我想像了一下，那應該是夾在剛殺了人的鮮明記憶和未知的命運之間，被壓縮到令人難耐的時間吧。那性行為就像用快樂去購買一種不確定的恐怖。想必是既粗糙又煽情，有如號啕大哭的小孩子，呈大字地躺在去玩具店的路上般令人瞠目結舌的性交吧。

我一瞬間變成了「阿昭」。

這裡是郊區的賓館走廊。在夜色中終於抵達的殺手已筋疲力盡，有如驚弓之鳥。我邊頻頻回頭看著走廊的黑暗，邊沿著牆壁行走。

「幸枝，是我……。」

清子想要打開拉門，但似乎正苦惱怎麼判斷狀況。

我給她一個提示。

「是我，我還是幹了，把浪花家的老頭兒給做掉了。還不快開門嗎?幸枝。」

「唔—嗯」，清子發出聲音思考著，先是打開了拉門一點。

「應該沒被跟蹤吧?」

「啊啊，沒問題的。」

我強行打開拉門，把清子壓倒在棉被上。激烈地吸允著她的嘴唇、扯開浴衣領口，一面搓揉著乳房將臉埋進去。

清子抱著我的頭，就像母親在哄孩子般拍著我的背。真是高招。

「沒什麼好怕的，沒有人知道我們在這裡……抱著我……然後，呃……。」

「……要說，阿昭……。」

「啊，對了。……抱著我，阿昭。」

「我愛妳，我愛妳啊，幸枝!」

「阿昭!」

對於我這因為長途旅行感到疲累的身體來說，這個設定真是再適合不過了。不需要前戲又能享受到，我的目的已經達成了。

三分鐘後，我彈跳起身子跑出房間，跳進扁柏的浴池裡專心思考開場的文字編排。

關西腔的粗魯對話和感覺有些急切的短句。盡量排除形容詞，用客觀、露骨的性描寫比較好。

「打擾了……。」

將板門背著手關上，熱氣之中清子的裸體站在那裡。「方便一起泡嗎？」

什麼方便不方便，都光溜溜的跑進浴室來還問，我也沒法說不行吧。

將腦中的情景收起來，「請」，我用疏遠的態度說道。

平時和清子幽會都是在東京市中心的旅館，所以沒有一起泡澡的機會。

清子用毛巾包住頭髮，單膝跪在地上用水沖身體。從天窗照下來的月光，有如聚光燈般照亮清子白皙的裸體。

我從來沒有這樣觀賞清子的身體，因為我所有目光都被她平時的模樣奪去。

清子可說是由神所造、全宇宙最美麗的作品，而且現在正值最漂亮的年紀。就像草木的綠和山川的給人的感覺，或是天空的藍等等，完全不知自身美麗的清子，其肉體有如天然的事物讓人感動。

從水桶灌注下來的溫泉水，驟雨般的流過清子的肩、頸、乳房、腰、腳，閃閃發光。

包含我自己在內，曾經品嚐過清子身體的無數男人們應該都理解，不論何種不合理的事物都不可能將她的美全數奪走，並對此感到忌妒。

「應該……不用開燈吧？」

清子在洗頸子時察覺到天窗，起身將板門旁的開關切掉。

我壞心的想，這女人怎麼這麼窮酸味？清子和我並肩泡在浴池裡，只見她掬起倒映在溫泉上的月影然後微笑。

「我啊，父親很早就死了，所以母親就回到娘家去，我是在鄉下被外公帶大的。你相信嗎？以前在田裡可以泡澡喔。」

「那什麼啊？不就是露天澡堂嗎。」

「是啊。那是間簡陋的小房屋，不但牆壁壞了，連屋頂也被掀起來，所以看得見月亮唷。只要讓月亮洗過的話，清子也會變美麗喔——外公總是邊這樣說邊幫我洗澡，因為我以前是全身又黑又骯髒的小鬼頭。」

「你外公是詩人啊？」

「不，只是平凡老百姓而已。」

清子似乎放棄要取下月亮，手掌輕撫著水面。

水是溫的，是接近人體肌膚的柔和溫度。我心想：真希望整晚都這樣泡在溫泉裡。

「那你外公呢？」

「他過世之後田地就轉移給親戚，我則來到東京。原本是希望我能招贅來繼承，但結果是來不及了。」

「那，結果要招贅卻反而被流氓抓住嗎？這樣你外公也沒辦法安心成佛啦。」

大大的滿月鑲滿整個天窗。當眼睛習慣黑暗後，浴室像是水底般呈現青色。

清子想說什麼卻找不到話，一直用溫泉沖洗她那雙大眼睛。

「那樣子，可以嗎？」

清子開口問剛才的演技。

「喔，妳做得很好，可以寫出好故事。」

「不知道幸枝和阿昭結局會如何呢？」

我們在水中碰觸到彼此的肩膀。清子為了避開我而閃過身子，她那引人注目的黑色瞳孔面向我。為什麼會有這麼悲傷的眼神呢？我心想。

「你會讓他們得到幸福嗎？」

「不，那樣我不能接受。阿昭是殺手，所以要嘛就是被殺或是被抓到，是不可能會有快樂大結局的。」

「那，至少不要讓他被殺死。」

「好，那就不殺，用被抓到。」

「太好了。你可別死啊，阿昭。這樣幸枝就要等了，不論五年還是十年。可是這樣不就變成快樂大結局了嗎？」

「不過呢，這又不是NHK的早晨連續劇，那之後的五年——我可寫不出來。本大爺也是會難為情的。」

「是嗎，不會寫啊……。」

嘆了口氣後，水從清子肩膀凹陷的地方流下。

「不然，等過了一陣子後讓她跟別的男人結婚這樣？在傷心的幸枝面前出現了白馬王子。如果這樣寫如何：『在初夜的床鋪上展開身體時，幸枝的腦海裡浮現出昭一的笑容。幸枝強烈地回應那男人的愛。再來、再更加地，把我弄壞——顯現出一個悲哀女人的生性』，這樣子。」

「這樣寫很好啊。一定會是個很棒的人吧，就算知道幸枝的過去也會全部接納她。」

面對清子認真的眼神，我忍不住大笑出來。

「哈哈，那麼難得的好男人，怎麼可能存在嘛。首先，幸枝已經懷了昭一的孩子……。」

此話一出，我們彼此都接不下話看著對方。

滿月依舊在我們頭上，彷彿是要藉這個場合弄清楚我們沉默的原因，高掛天上發出光芒。

「一定會有的。因為如果無法相信那種男人真的存在、就存在某個地方的話，幸枝是不可能活下去的。」

清子掬起一些水後摟住我的脖子，然後貪婪地用嘴唇吸允。緊抱住我的那雙手臂力道意外地強，令我嚇了一跳。

根據這種發展，針對應該還會重複的行為，要設計什麼樣的情境比較好呢？——我邊應付清子的力氣邊猶豫著。

遙遠的敲門聲把我從睡眠中叫醒。

夢中的記憶有如潮水退去，一瞬間都忘光了。儘管如此，溫熱的餘韻像是遠方的波濤聲殘留在心底。我應該是做了個好夢吧。

指針停在半夜十二點。總之，根據我不規則的時間表來看，差不多是要起床工作的時間了。

敲門聲再次響起。我把手從清子小小的頭下輕輕地抽出來，離開紅色的臥室。

把浴衣穿整齊打開房門後，只見仲叔心情很好地探出頭來。

「怎麼，是叔叔喔。」

「喔，怎麼這樣打招呼啊。一起去泡溫泉吧，我居然碰到了老朋友就把阿孝給忘記了。」

「就算不想起我也沒關係，畢竟我是來工作的。不過，我現在也告了一個段落，要泡溫泉的話就一起吧。」

我挺起胸膛想把仲叔推出房間，但他卻看了一眼我身後的房間。配間的拉門打開了一半左右，可以看到有莫名情色味的紅色牆壁。

「這個也一起的話如何？」

仲叔沒品地笑著舉起小拇指。

「我們並不是那種關係，她只是我的秘書。」

「秘書？欸，有什麼好害羞的。」

「我並沒有在害羞什麼。像是打字或是資料彙整，這些都需要秘書。我現在可是月產一千張稿紙的當紅作家。」

耳邊傳來睡眼惺忪時發出的「啊—啊」的呵欠聲。我嚇一跳回過頭去看，榻榻米上可以看到清子白嫩的大腿。

「那為什麼阿孝會從那裡走出來？」

「並沒有，我一直在這邊工作。」

我生氣地指向開著燈的主室。

「哼—嗯，這麼年輕的秘書會打開門睡覺啊？」

「這是為了能聽到我叫她，她是個很能幹的秘書。」

「原來能幹的秘書都是要脫光睡的啊？」

再次回過頭去，榻榻米上可以看到清子白嫩的屁股。

「一定是太熱了吧，因為我怕冷所以就把冷氣關掉了。」

「算了，」仲叔被我推出去到走廊，「這樣就可以證明你既不是性無能也不是同性戀。唉呀，真是可喜可賀。」

我跑進房間拿手巾和鑰匙，抓著仲叔的手走過走廊。

「請你不要干涉我的私生活，就算我是同性戀或者性無能又有什麼關係。」

「不，當然有關。你要是不努力一點，木戸家的香火可要斷了。我不想死後沒人供奉啊！」

「哼！」我表示不屑。這裡要先發制人才行：

「你努力點不就得了嗎？那個老闆娘，應該還是現在進行式吧？」

這句話奏效了。幾乎會讓人懷疑「有必要這麼驚訝嗎」般，仲叔忽然整張臉都變得鐵青，酒意也一掃而空，臉上寫著「你為什麼會知道」。

「我骨子裡流的是黑道的血，是不會組織家庭的。不要猜些有的沒的。」

如果繼續問下去兩人八成會爭吵起來，所以我對老闆娘的探索就只能到此為止。但是因為這個反擊，仲叔也不再提起我和清子的關係。就這樣，我們兩人之間對於不觸及女人的君子協定在沉默之中建立了。叔叔和我都握有彼此的把柄。

仲叔邊一一說明樓梯轉角處的那些來路不明的擺飾品邊走。在禮貌上要表現出佩服或是嚽嘆的行為，都讓我痛苦不已。

「我要是沒有走上黑道這條路的話，大概會去當一個搞藝術的吧！你老爹也有那種才能，這就是木戶家的血統。只是——到了這個年紀，除了鑑賞家什麼也當不成。如何？我的木戶收藏。」

被人當面問怎麼樣，我除了一直稱讚也不能怎樣。

我真想看看那些把黑道玩弄於股掌間的畫商和骨董商是怎樣的傢伙。

不論怎麼看都像森林大火的梵谷，「黃色時代」的畢卡索，不知是廣重[24]還是北齋[25]的風景

---

24 歌川廣重（1797-1858），浮世繪畫家。

25 葛飾北齋（1760?-1849），浮世繪畫家。

畫，寫著「皇國興廢」的東香元帥[26]的書大概是真品吧，但因為他的字體令人不敢恭維，所以應該值不了幾毛錢。

在一樓大廳的一角，仲叔指著一個小心翼翼用玻璃框罩起來的鎧甲說道：

「怎樣啊？這是源義經[27]五歲時穿的鎧甲。」

「喔，真是不得了啊……這麼說來，我之前有看到過義經五歲時的骷髏頭呢。原來如此，難怪尺寸差不多，真是令人驚訝。」

「……這樣啊。……告訴我是那間店，我去買回來當成一組擺著好了。」

「那是淺草橋的人偶店喔。」

仲叔的額頭冒出汗珠。我心想，果然仲叔認為沒有骨董商敢騙黑道。仲叔自那之後就不再以自己的收藏為傲。

宴會廳的燈關著，走廊也沒半個人影，遠方則傳來酒醉客人的歌聲。

大浴場掛著寫有「天堂之湯」的門帘。被風吹起來的時候，我瞬間看成「黑道之湯」而嚇了一跳[28]。

寬廣的更衣室充滿了光和風。

---

26 指東鄉平八郎（1848-1934），為日俄戰爭中活躍的將領。

27 源義經（1159-1189），為平安時代末期的武將，驍勇善戰，有許多相關的傳說。

28 天堂日文漢字寫作「極樂」，黑道則寫作「極道」。

仲叔鄭重地介紹這裡是裝潢最花錢的地方。只是那個理由很奇怪，說是能安心輕鬆地泡澡是受刑人的夢想。

「原來如此，為了迎合客人的要求重新裝潢的啊。唉呀，真是了不起的企業用心啊！」

「這裡是最特別的，這樣用心不是為了生意，是因為可愛的孩子們總是會渾身髒兮兮的回來嘛。」

仲叔說著，顯得有些害羞。

仲叔瘦高的身軀從肩膀到背都有刺青，看起來比以前褪色了不少。不知道是因為他上了年紀，還是因為我的年紀增加。

我和仲叔並肩站在一起拖下褲子，從鏡子裡看了彼此一眼。兩人穿著同樣褲頭高到令人討厭的四角褲。

肚臍旁有用菱形框起來寫著英文字母K[29]的商標，並寫著「東神田木戸衣服謹製」等藍色字體。

「我還有一箱，應該可以穿到死吧。」

「我還有五箱。」

「是喔——真令人羨慕。」

---

29 「木戶」的日文羅馬拼音第一個字母為K。

室內澡堂是在豪華的造景假山佈置裡鑲了好幾個檜木浴池，空間十分寬大。這確實是砸了不少錢，我心裡佩服著。

仲叔把毛巾放在肩上穿過籠罩著的熱氣，推開玻璃門走到戶外。那是個非常棒的露天溫泉。中央用竹牆圍起，裡面和女浴池沒有隔開，算是半混浴吧。

我們並排坐在從室內溫泉延伸出來的屋簷下泡溫泉，山頭吹下的夜半涼風舒服地撫過臉頰。

「哪，對於從地獄回來的人來說，這裡就是天堂。不只自己人，全日本的受刑人要是結束服刑就來這，慢慢地思考明天以後的事。如何？很棒吧？」

「那還真是不錯的規劃，光是想像就讓人怕得不得了呢，搞不好還會帶起一個風氣。」

「已經發生太多事了。初犯的人不太會來這，但在道上混久的就滿常光顧的。現在也有一個那樣的人在飯店裡。」

「也不用什麼事都扯到黑道上面吧？不論是誰都需要在人生走到一個段落時，這樣放鬆一下。」

當說出「放鬆」這兩個字時，我察覺到這個詞意外地適合用在這飯店上。

集由黑道經營、服刑期滿者的造訪、不同於普通人的員工的笨拙服務、用贗品裝飾的這間飯店，為什麼會如此讓人感到放鬆？

我忽然想起，平時光是翻書的聲音也會醒來的清子，居然沒有察覺我和仲叔的舉動，還把屁股露出來。這一切的一切，一定都是因為被那不知所以然的放鬆感給包圍住了的緣故。

「阿孝你也是啊，如果能更圓滑一些就好了。」

仲叔將眼鏡放在石頭上後洗起臉來。我雖然想要回他這句貼心的歪理，但想不到怎麼說所以也跟著洗了把臉。自己的身上可以微微聞到清子的香氣。

就在此時——從溫泉把頭抬起來的我，發現眼前竹牆的一部分，被撐開一條不自然的縫隙。風把熱氣吹開後，可以明顯看到有一根人的手指伸在那裡。有人從女浴池那往這看。

我在溫泉裡頂了一下仲叔的屁股。

「幹嘛啊？……話說回來，阿孝，你看看，月亮真美啊。」

我直覺得當時的仲叔是擺明要岔開話題。

「叔叔，有人在偷窺我們。」

我壓低音量說道。

「笨蛋，怎麼可能會有這種事嘛。倒是阿孝啊，你說小說要被拍成電影的事……。」

「叔叔，果然有人在偷窺，你看。」

我一指，竹牆上的縫隙突然合起，接著聽到濺起溫泉水起身的聲音。

我朝著浴池裡面的竹牆跑了過去。

當我朝女浴池那邊看時，清楚地看見彷彿白色魔物的裸體消失在霧面玻璃的另一端。

10

「只要上頭的人說是白的，
烏鴉也會是白的，這就是我們的規矩。
要是有人敢不把經理放在眼裡，
被砍斷一兩根手指也是理所當然。」

——掌櫃像是要給經理聽到似的喃喃唸道。

「爸爸啊，這麼豪華的房間反而讓人家不自在呢。」

妻子拘束地跪坐在房間一角，抬頭看著華麗的格子式天花板。

「啊啊，確實是這樣哪。幸好沒有要飯店給我們高級的房間。」

丈夫跪坐在桌子前，無聊地環顧室內。

「一、二、三……十二張榻榻米大！這應該很貴吧？」

「管他是貴是便宜，都沒關係吧！」

孩子們一面歡呼一面在房間內的走廊跑來跑去，連哺乳中的嬰兒也在座墊上揮舞手腳咯咯笑著。

「現在想想，全家人一起來溫泉旅遊還是第一次呢。」

「是啊，說到旅行的話，我們也只有去過海水浴場或是露營而已。」

「我們就好好放輕鬆吧。話說回來，這間房間居然是富士見之間[30]，真是有些好笑呢。」

「富士見之間——不死之間嗎？的確是一點都不好笑呢。」

妻子因為覺得太滑稽而放聲笑出來，接著從包包裡拿出安眠藥的藥包，繼續剛才的事。

她撕破紙包裝取出安眠藥，用茶杯的杯底磨碎。磨了好幾顆後形成一座小山，然後再放進塑膠袋裡。

30 日文之中「富士」和「不死」的發音相同。

「還真是不少哪，從醫院拿的嗎？」

瞄到裝滿了安眠藥的藥包，丈夫問道。

「我在藥局買的，只要帶著印章去就可以買。」

「一口氣買那麼多？」

「不是，我一家都只買一包，大概跑了幾十間吧。在家附近的藥局買的話也不太好。」

被逼到走投無路的丈夫大約在一個禮拜前提出自殺計畫。自那天起，妻子跑遍了較遠的里的藥局，買了不少安眠藥回來。

現在丈夫回想起來，過去一週飲酒過日的自己真是令人厭惡。

「媽媽，我餓了——咦，那是什麼？」

就讀一年級的老二天真地問。

「這是姊姊的藥喔。只要吃下這個藥，姊姊就不用再去做透析了。」

身為老大的女兒什麼也沒問。

「我餓了啦。」

「再等一下喔，媽媽叫他們做好吃的東西了。」

門口傳來敲門聲。還沒等房客回應，只見一名高大又外表怪異的男子抱著鍋子走了進來。

「嘿—咿，久等了啦—！」

妻子瞬間將嬰兒抱起，孩子們則躲到父親的背後。

另一名較慢進來的女侍操著不知哪國的語言，責備外表怪異的小二。似乎是在指責他進客房的方式。

「請放心。我們，是員工。嚇到你們，真是抱歉。」

聽到女侍會說日文，一家子人才放心坐下。

「好—的，讓各位久等了。這邊是，料理長做的雜燴粥。這邊是廚師先生做的，海鮮義式燉飯。肚子應該都餓了吧？多吃些。」

女侍看著孩子們的臉，邊笑著邊將雜燴粥和義式燉飯盛進碗裡。

「來，吃吧。我，在這裡等。為各位服務。」

說著，女侍粗魯地盛進碗裡後又粗魯地放到桌上。身後則是外表怪異的掌櫃自顧自地鋪起棉被。

「真是奇怪的飯店……。」

妻子唸道。

「因為沒有人手吧，像這種工作全日本都找不到人來做了。」

小二雖然動作笨拙但是非常用心地鋪棉被，只見四個床鋪上排著大大小小的枕頭。小二跪在小枕頭邊，彎下身子去親了一下。夫妻彼此對看了一眼。

「那個人在做什麼？」

阿妮塔回過身看到岡薩雷斯的動作，也閉上眼睛在胸前畫了一個十字。

重新面對臉色愈來愈蒼白的夫妻，阿妮塔說道：

「在岡薩雷斯的村子裡，睡覺時，作爸爸的都會那樣祈禱喔。希望孩子們不會做惡夢，可以平安迎接早晨。」

「平安迎接早晨？」

「對。岡薩雷斯的村子，沒有食物。死了很多孩子。大都在晚上，睡覺的時候。早上起來發現變得冷冰冰的。所以當爸爸的，睡前會向上帝祈禱。」

「那個人也有孩子嗎？」

妻子怯怯地問道。

「有呢。說不定，是在為自己的孩子祈禱。不過，岡薩雷斯的孩子，沒問題的。因為爸爸，都寄很多錢回去。不會餓肚子喔。」

阿妮塔說道，那張圓臉又顯得更加圓滾滾並幸福地笑著。對長期沒被人投以笑容的小田島來說，那是個具有不可思議魅力的表情。

「妳的日文真厲害呢。」

小田島稱讚道，阿妮塔挺起小小的鼻子得意地笑著回道：

「我的爺爺，是日本人。是陸軍軍人喔。我還有唸過馬尼拉的大學。」

「噢。可是既然都唸到大學了，為什麼會在這裡？」

阿妮塔收起笑臉，縮起了肩膀。

「發生了很多事呀。女人的幸福，就是愛上一個男人。還有生下心愛的人的孩子。」說到這，面對一副很稀奇似的看著自己的孩子們，阿妮塔慈祥地看著每一個。

妻子問道：

「妳也有孩子嗎？」

阿妮塔將手放在小女孩肩上，略帶不好意思地低聲說道：

「就跟她差不多大吧。女的八歲，男的六歲。還有個老么，兩歲了，是比較大一點。生完後就馬上到日本了。」

「生了之後就馬上來？」

「沒問題的。因為有外婆在。我，會寄錢回去，養孩子們。這裡的頭目，人很好。對我像日本人一樣，給很多薪水。我，很幸福喔！」

「可是，不能跟孩子們在一起，這樣是幸福嗎？」

妻子像是要對抗阿妮塔的笑容似的，徵求丈夫的同意。

「不─，不─，不是這樣的，太太。想在一起，是父母的想法。我雖然也想和他們在一起，但是這樣的話，孩子們會死。不讓孩子被殺死比較重要。我會努力。努力，把每個孩子都養大。頭目說過，不要回去。因為回去了又會變窮。在孩子能獨當一面，來這裡迎接我為止，留在這裡。頭目說的，是對的。」

「到能來迎接妳，還要多少年？」

「我不知道。可是，一定會來的。我，總是做著這樣的夢。瑞奇開著賓士，從那個庭院進來的夢。我，會等，不論二十年三十年。努力工作，一直等。」

「簡直像監牢哪……。」

小田島下意識唸道。

「煎烙？那是，什麼？」

「監牢。這個嘛，就是PRISON（監獄）。」

「不—！監獄？不—，不—。我們又沒做什麼壞事。」

阿妮塔連忙揮舞雙手，並向岡薩雷斯尋求辯護。阿妮塔迅速翻譯說招來了重大的誤會，但岡薩雷斯彷彿表達「都是妳太多話了」似的怒吼回去。

「不—，不—，這裡，是好飯店。不是，監獄飯店。」

阿妮塔面對目瞪口呆的一家人拼命地解釋，然後兩人突然退到榻榻米邊緣跪坐，並低下頭：

「真的很對不起，各位客人。我們雖然是外國人，但是這裡，是好飯店。有溫泉，料理也很好吃。客人如果回去了，頭目，會傷腦筋。求求各位，放鬆在這飯店住下。」

阿妮塔將頭貼在地板的橫木上說道，岡薩雷斯則是像祈禱似的雙手合十。

「不會，我才不好意思，說了不該說的話。你們不用太在意。已經很晚了，回去休息吧，不用顧慮我們。」

阿妮塔和岡薩雷斯兩人看著彼此，露出放心的神情後，又鞠躬了好幾次才步出客房。

一家人有段時間沉默地看著桌上的料理。

「我們是不是給他們添麻煩了……？」

剛強的妻子落下淚來。她並非事到如今才又來悲傷這命運，而是因為背叛了他們的那份誠實感到難過，小田島想。

男孩子嘟著嘴說。

「爸爸，來吃嘛，我餓了。」

「說的也是，已經有點涼掉了。欸，八重子，總之先吃些吧。不過這宵夜還真豪華，居然有香魚雜燴粥和海鮮義式燉飯。」

拿起小碗各自吃了一口後，兩個孩子都同時睜大了眼睛：

「唔哇，好好吃！媽媽，這個很好吃耶！」

小田島沒什麼食慾，但還是吃了一口雜燴粥，瞬間在口中散開來的香味讓他嚇了一跳。舀起一匙義式燉飯吃下的妻子也是，「唉呀……」邊輕聲驚呼邊瞪大了眼睛。

「欸，爸爸，很好吃對吧！欸，媽媽。」

小田島默默地點了點頭，緩緩將雜燴粥吞下。

究竟是什麼樣的大廚用什麼樣的手法做的呢？那味道充滿了舌頭、肚子，甚至慢慢地充滿整顆心，幾乎可說是天堂的料理。

半夜一點——。

穿過走廊傳進耳裡的歌聲毫無停歇的意思。

透過帳房的監視器可以看到氣氛正熱烈的酒醉客人們，其中至少有三個小二在裡面。

黑田一點也不在乎，他正用認真的眼神和電腦搏鬥。

「黑田，員工的 time table 是怎麼排的？」

花澤經理故意誇張地看著錶問道。

「是低。您說 time table 是指什麼樣的桌子呢？」

「我是說班表。不論是值班的櫃檯人員、你、那邊唱卡拉 OK 的，還是打掃浴池的，所有男性員工都還沒休息過。」

「啊，這點請不用擔心。他們一兩個晚上沒睡也不會有影響，畢竟他們都是經過千錘百鍊的賭徒，很習慣熬夜了。」

「……我說啊，我不是在問他們習不習慣熬夜。」

「安啦，要是想睡的話他們自己會打一針興奮劑的。」

「什麼？興奮劑！」

「不，開玩笑的，開玩笑的啦。在櫻會是禁止碰興奮劑和麻藥的。要是敢碰就踢出組織，做買賣就會被斷絕所有關係。您請放心。」

「這根本沒辦法放心啊。雖然不必擔心會引起勞動爭議，但是員工的身體會撐不住吧？」

黑田的視線離開鍵盤往上看，揉了揉眼睛。他的眼裡充滿血絲，原本就很可怕的臉變得跟惡魔一樣。

「要幹不幹是個人的決定，誰也不會阻止。只是，他們這些傢伙要是能三兩下就金盆洗手的話，早就不會在這了。」

黑田盯著顯示在螢幕上的卡拉OK包廂的樣子，突然想到什麼回過頭去。

「啊，經理您請去休息吧。您這種做正派的人要是配合我們的話，身體真的會撐不住。」

「不，我也已經習慣熬夜了，沒問題的。不過還是排個班表出來比較好吧。」

「說的也是哪——我們總是用看誰工作先做完誰就先休息的方式。」

「這樣的話，工作沒做完的人豈不是就一直不能睡？」

「是低，就是這樣，我們黑道很重視自我管理。自己的道路要自己去拓展，卡內基這麼說過。照著別人規定的時間休息或工作，這樣的傢伙是沒辦法有什麼成就的。」

再講下去也沒有結論。花澤經理說要去看一下狀況後站了起來，此時當班的年輕人從櫃檯探頭進來，說道：

「頭兒，明早六點開始有軟賽，差不多該讓工作結束了吧？不然像上次大家宿醉抓兔子，可就玩不起來了。」

「啊，是嗎。記得上次到四局下半就進行不下去，比賽也無效。勝負就先由頭目保管，這次可一定要分個輸贏。好，就這樣告訴他們要他們解散吧。」

黑田正要打開門時，花澤經理將手舉起來說道：

「沒關係的，黑田，由我去要他們解散吧。」

「這樣嗎？那就麻煩了。那些客人只要跟他們說他們就會理解。」

「話說回來——你們說的軟賽，是指什麼？」

「就是軟式棒球賽，這裡的每個傢伙在『牆裡面』的時候只有這項娛樂。我們固定跟團體客人在第二天早上進行軟球比賽。簡介上面也有寫：兩天一夜附贈軟式棒球賽。好，明天要來比囉。本季的木戶 OUTLAWS 啊，可是有岡薩雷斯這個黃金左手臂在。只要認真起來的話，大曾根 BADMANS 根本敵不過我們。」

對於突然開始做熱身體操的黑田，花澤經理裝作沒看到似的往走廊走去。雖然很違反常識，但是準備軟球賽這樣的活動說不定滿有意思的。

（兩天一夜附贈軟式棒球賽嗎……。）

花澤經理邊在心中默唸，邊思考自己明天是否要以代打的身分參加。

卡拉 OK 包廂「柵」位在一樓西側底、餐廳的旁邊。拱型的門上面用青白色的霓虹燈管裝飾，很像後街裡的強盜酒吧。

才一打開門，花澤經理就呆站住了。

紫色的地毯配上胭脂色的牆壁，圓形的舞台上有拉開的絲絨舞台布幕，天花板上垂下許多像是祭典燈籠般的發光飾品。巨大的鏡球令人眼花地轉著，七彩的聚光燈來回掃過舞台。幾乎整年都在過聖誕節，品味非常糟糕。

「大曾根家族第二代松之井組小弟在下，鈴木勝，以上演唱『兄弟道義』完畢。」

唱歌的人說完低下頭後，歡呼的喝采響起。只見下一個小弟接著跑上台去。

「青年菊花同盟行動隊長，山田始，將要演唱『無法松的一生膽大包天』。」

又是一片喝采。忽然瞥見三名小二在吧台前直得老直，有如啦啦隊般規矩地拍著手。

花澤經理站在盆栽後面，觀察狀況一段時間。

包廂內的氣氛和一般的續攤有很大的不同。

花澤經理不禁低聲說道。

（真是嚴肅……。）

不只是員工，擠在包廂內的二十個觀眾，都是一副認真到不可思議的表情。開始唱歌後每個人都注視著舞台一動也不動，甚至連私下交談都沒有。

在唱完歌曲的短暫空檔裡，所有人才一齊吃喝東西。然後是如雷聲般的鼓掌，之後再一片寂靜地聽歌。這樣的程序一直反覆著。

像一般人不分輩分地互搶麥克風，或是噓聲、倒喝采等的一概都沒有。

小弟們選的曲子每首都是走俠義路線的硬派演歌。不論唱得好與否，每個演唱者都是聲淚俱下地熱情歌唱，沒有任何誇張的表演。每個聽眾也都像在聽難得的歌曲般戰戰兢兢。彷彿要把每句歌詞都收進自己的人生畫框裡，睜大眼睛看著。

真是中規中矩的團體客人啊，花澤經理感到一陣佩服。

唱了好幾首歌後，不知是誰注意到了花澤經理，叫了一聲：「啊，經理！」

這句話響徹包廂內，下個瞬間像是水潑過般寧靜。

「不……請繼續，不用顧慮。各位請繼續唱，請。」

像小孩子被父母發現秘密的遊戲場所，持續著尷尬的沉默。

「已經一點啦，我們這樣太給人家添麻煩了。」

不知誰這麼說道，只見小弟們開始迅速地收拾桌子。

「不不，這點請不用在意。只是明早還有軟球比賽，所以我想……。」

「啊，糟糕了！比賽從六點開始啊！」

「對喔，整個都忘了！」

「睡吧！睡吧！喂！收乾淨啊！」

客人們一齊站起來收拾玻璃杯和盤子，將歪掉的四方椅歸回原位，還用濕巾擦拭起舞台。

「啊，客人請放著就好。稍後我們會進行清理，請不用那麼費心。」

不管花澤經理怎麼喊，客人們都沒有停下手。吧台前的小二們則像是在監督似的手交叉在胸前看著。

「喂，你們到底在幹什麼？居然讓客人做這些事。」

早上在大廳遇到的中年小二用凶狠的眼神回道：

「不是這樣的，經理。自己做的事就要自己收拾，是我們櫻會的規矩。」

「……我說你啊，就算你這麼說，但這裡是飯店啊。」

「是低。對於一般客人，我們絕不會讓他們收拾。但是大曾根雖然和我們一樣戴著櫻花的家紋，可是地位是不一樣的。一定要清楚做出區分。」

「區分！——喂，你說讓客人做收拾工作是為了區分地位嗎？這算什麼？真是不敢相信。」

「您不相信也罷。我們櫻會雖然今天在道上只是不到千人的小團體，但可是早從江戶起傳了八代的賭博世家。現在還會要底下的人把房間每個角落都打掃乾淨的，大概也只剩下我們了。所謂做好收拾工作，是不給白道的人添麻煩，也是我們很重要的一個規矩。就算是經理您，這是我們自己的事，也請不要管。」

忽然花澤經理的背後傳來敲鐘般的聲音。

「安！你這傢伙，對經理是在頂嘴什麼！」

「啊，頭兒！」

話一說出來，安就馬上立正站好。黑田如怒濤般跑過去一把抓起安的日式外套的領子，緊接著賞了他一顆威猛的拳頭。

「說不要管是什麼意思？你聽著，經理雖然是白道的人，但可是代替頭目管理飯店的人。他是丟下皇冠精英的位子，跑來為我們助陣的了不起人物。我饒不了你，今天我要把你這渾蛋的落伍說話方式打正過來！」

「頭兒對不起，原諒我吧！」

面對跪在地上求饒的小二，黑田如同拳擊手套的鐵拳如雨點般落在他臉上。

花澤經理將吐血倒地的小二從背用雙手抱住說道：

「快住手！黑田！這個人並沒有錯，是不知道飯店的傳統規矩就下指令的我有錯，是我沒有事先了解。」

「不，不能那樣說。喂，安，要是今晚你自己斷一根手指，我就原諒你。」

「等一下。」花澤慌張地握住小二滿是鮮血的手掌。

「呃，已經有一邊的沒了。黑田，你為什麼要這麼做？」

黑田如仁王般站著並瞪大眼睛，像是要給花澤經理聽到似的喃喃唸道：

「只要上頭的人說是白的，烏鴉也會是白的，這就是我們的規矩。要是有人敢不把經理放在眼裡，被砍斷一兩根手指也是理所當然。」

花澤經理突然躍起身子，脫下燕尾服丟到黑田腳邊。

「好，我知道了，那麼就應該是切下我的手指對吧?雖然被稱為經理，但我也是這裡的人。這樣你就沒話說了吧？」

花澤說出這句話並沒有經過什麼思考，既不是威脅也不是虛張聲勢。

儘管原因不盡相同，但花澤感覺這種場面似乎發生過很多次。

花澤因為既頑固又直腸子，加上多人一倍的正義感讓自己吃了不少苦頭。之所以會比其他人都慢出人頭地，甚至還被派到這種莫名奇妙的深山飯店，也是因為這樣吧！

花澤越過吧台，握住粘板上的菜刀。

「只要切下這根手指，我就算是你們世界的人了吧？相對的，今後要照我的意思改變這間飯店。誰都不准有第二句話，這樣可以吧？」

把拳頭放在吧台上，將刀鋒放上舉起的小指第一關節時，屏住氣息在一旁觀看的人牆突然讓出走道，隨後出現一個嘹亮的聲音。

「喔，到此為止了。」

眾人站成兩排並鞠躬。仲藏頭目一肩掛著剛泡完溫泉的手巾，環顧四周。

「沒什麼好看的，所有人都回房去。」

客人們一一向仲藏頭目打過招呼後離開包廂。

仲藏頭目看起來比實際的體格還高一個頭、身寬也大一個人。這就是所謂的氣魄嗎？花澤經理不禁放下菜刀想著。

確定只剩下自己人之後，仲藏頭目用像是唱歌般魄力的聲音說道：

「花澤，看來你這男人跟我想的一樣。」

花澤邊拭去因亢奮而從額頭流下的汗，等著下一句話。那到底是什麼樣的想法？想必那就是自己被派到這間飯店的真正理由。

仲藏頭目重重坐在中央的四方椅上，黑田遞上香菸的火，只見仲藏頭目很享受地吸了一口菸後吐了一口氣。

「你是被皇冠說了什麼才來這裡的？」

「是上面的指示，沒有理由。」

仲藏頭目吐著煙笑了出來。

「事到如今沒必要對皇冠忠誠了吧？——聽著，其實你啊，是犧牲品。」

「您說，犧牲品？」

「沒錯。以皇冠企業的生命作為籌碼，我把你和那個名人師傅給招了過來。」

「我和服部？」

「你的話，雖然皇冠一口就答應了，但是服部就沒這麼順利，畢竟他可是皇冠的招牌師傅。皇冠可能也是覺得這樣放手太可惜了吧，而且要把他交出來也沒有理由可以用。但很遺憾的，他遇到了集體食物中毒導致痢疾這件事。」

「那件事我聽服部說過了，他說因為食物中毒所以被貶到這。」

仲藏頭目拍打桌子大笑了起來。

「其實根本就沒有那回事，那都是皇冠捏造的啦！不過你可別跟當事人說啊，那樣對他打擊太大了。」

花澤經理兩手手肘撐在吧台上抱住頭。這到底是怎麼一回事？還有犧牲品是什麼意思？

和花澤視線對上後，仲藏頭目微笑著繼續說：

「你就聽吧。反正總有一天要說的，就趁今天早點告訴你——老子我啊，其實握有皇冠的一個重大醜聞。那個被稱為飯店之王什麼的痴呆董事長啊，和國鐵清算事業團裡收賄的官員有掛勾呢。雙方談了一比大交易，說十年後全日本的舊國鐵所留下的空地，要分別給皇冠蓋飯店哪。像開發度假飯店這種事業，因為被環境保護運動壓住，所以已經走不下去了。皇冠接下來的長遠計劃啊，是要蓋交通方便的飯店為目標。」

花澤腦中空白呆站著。雖然措詞粗俗但仲藏頭目說的話簡單明瞭，一點也不像是胡說。

「只要我稍微洩漏出去，全天下的皇冠連鎖飯店就都完蛋了。被我木戶仲藏抓住尾巴的那個癡呆董事長啊，居然說什麼要給我一間我想要的飯店，說要給本大爺我啊。不過——我到了這年紀也不想要那種東西，皇冠的臭錢我是一塊也不想要。對我來說，能讓可愛的手下們好好伸展翅膀的飯店比較適合。」

「老闆，請等一下。這牽扯到太多，我沒辦法理解。」

「聽人說話就要聽到最後——我就盡威脅恐嚇之手段，讓那些禿子各個都跪在地上磕頭，我想這樣應該多少為社會做了些事。可是光這樣太沒意思了，於是我將人事檔案作為抵押品弄到了手。這種東西對他們來說根本算不上什麼。整整一年我仔細分析、收集情報，尋找能將這間紫陽花飯店變成我理想中的度假天堂的男人。如我所料，沒有適當的人選。每個都是中規中矩的飯店人，沒一個是能夠考量人情擁有大器的男人。但是——唯一一個人是……就是十年前讓赤阪皇冠變成泡水飯店的莽撞傢伙。一個每到一個地方就會跟該飯店經理爭執、每年都會被調動毫無安定可言的流浪飯店人。那個人也因為這樣常收到客人們所寄來的各式感謝信和包裹——但是等寄到時，當事人早就不知道又被派到哪裡去了。我說花澤啊，善惡是不分大小的。做錯的並不是你，而是皇冠。」

善惡是不分大小——過去遭遇的各種痛苦往事，瞬間在花澤經理的心中甦醒。那句話讓他內心起了動搖。

「老闆……您……。」

「沒錯，我全都知道。不管是赤阪皇冠泡水、拒絕眾議員的募款餐會、提供套房給養老院的團體客、對從離島的渡假飯店來的後輩說禁止使用信用卡等等，你身上發生過的所有事情我全都知道。真搞不懂不接納你想法、一昧把你貶職的皇冠在幹什麼。我想你是這麼認為的吧：對於由不特定多數人所使用的設施，不論是銀行、百貨公司，甚至是飯店，每個人都必須有為公共服務的心。如以上所講的，在這世上就必須如此。能力愈強的話城府也要愈深，不然不容易坐穩位子。」

花澤經理像是全身洩了氣似的嘆了一口氣垂下頭去。只見仲藏頭目慢慢站起來，然後打了一個大呵欠。

「該來睡啦。——好啦，總之，你是我從皇冠的所有員工裡面點名選出的人才。要是世界第一的飯店人少了根手指可就不好了。」

仲藏頭目高聲大笑一會後，就跟小二們離開卡拉 OK 包廂。

空蕩蕩的包廂內，被鏡球染成飄雪的夜晚。

「事情就是這樣，還請您原諒。我也有些做得太過火了。」

黑田將杯裡剩下的酒一口氣喝完後，把杯子放到花澤經理面前倒入威士忌。

「謝謝」，花澤接過玻璃酒杯。一含到嘴裡，足以讓肚子燃燒的熱度讓心平靜了下來。

「我啊，頭目對我有不能向他人說的恩情。」

「看來，他也是我的恩人。」

兩人有好段時間，用輪流喝酒的方式訂下沉默的約定。根本不需要說什麼。

「當黑道真是不划算。就連那麼了不起的人也不會受到世人的肯定。」

「是低，誠如您所言。關於我先前說過關於富士見之間的秘密……。」

「啊啊，你說前任老闆上吊的事對吧？」

「我們頭目借錢給他們結局卻變成了那樣，搞得有不少傳言出現，但其實都是天大的誤會。」

「就算是我，按常理來想也會那樣認為吧！」

「不是低，其實前任老闆到處跟金融機關貸款，這裡也差點被拍賣掉。我們頭目因為看不下去所以介入。可是那時剛好是股東會議最忙碌的時期，結果前任老闆就被關西的惡質高利貸趁隙設計了。幾經波折之後，我們終於把這裡拿回來，這也是因為頭目的堅持。說是要讓前任老闆一家人的靈魂能在這好好安息，而不是為了滿足慾望或者取得好處。我自己也不敢置信我們居然同樣是混道上的，但是頭目證明了這點。」

「是這樣啊，不過，週遭的人可不這麼認為。」

「是低，社會上的人都認為是頭目奪過來的。頭目常說，要蓋一間不論活人死人、好人壞人都能受到完美招待的天堂般的飯店。但是，大家卻把這當作監獄飯店。」

「那些麻煩事都已經解決了嗎？」

「我不清楚，畢竟是用強硬的手段弄來的。不過請您安心，只要我的眼睛還沒瞎，就不會讓任何人打這間飯店的主意。」

黑田邊用充滿血絲的眼睛看著花澤經理的臉，強壯的下顎喀哩喀哩地咬著冰塊。

11

「你們是開玩笑的吧？
要在這種鳥不生蛋的深山裡定下來——。
這是敗給你們了。
去感化院還比較好咧。」

——飆車族兒子對父親說道。

若林先生站到玄關前飄著晨霧的乘車處，彷彿迎接睽違四十年的早晨般伸了一個非常舒服的懶腰。

「志保，這裡的空氣要吸個夠喔。這可是在東京怎麼找也不會有的天賜恩惠啊。」

「是。」若林夫人站在先生後方約一步距離的地方高舉雙手深呼吸。從杉木林源源不絕地湧出的晨霧順著風飄到山腰，吞噬飯店前院。

昨晚若林夫人是被丈夫抱著睡的，丈夫已經不知隔了多少年都不曾這麼做過。若林先生的力量意外的大且固執，簡直就像還在職場時把多餘的精力全都留下來到這時才用。

而一大早偷偷地從同一張床離開，也很像若林先生笨拙的部份。若林夫人一發現後就躡手躡腳地追在丈夫後頭。

若林先生來到大廳後發現妻子。他的表情就如以往那般，一派高傲、毫無有趣可言。若林夫人其實是想看到丈夫如年輕時那樣露出害羞的笑容，因此不免顯得有些失望。

「我昨天聽木戶先生說，前面這條路往上走不多遠有個叫做觀音瀑布的名勝。」

木戶先生——雖然嘴上說的似乎很熟，但是若林先生的背上彷彿寫著：「不准問關於那男人的事。」他從以前就是這種個性，擅自說出自己不知道的名字，但是一問那是誰又顯得很不高興。「妳沒必要知道。」這句如鐵壁的話不知道已經聽過幾次。

「穿這樣不知道能不能爬上去……不好意思，請問觀音瀑布很近嗎？」

路過的女侍似乎聽不懂若林夫人的話顯得有些不知所措，此時若林先生用流暢的英語翻譯。

「她說一下就到了，就算穿拖鞋沒問題。」

若林夫人感覺似乎是第一次聽丈夫說英文。畢竟他是資深的商社職員，他會說英文也很合情合理。但既然如此，為什麼丈夫一點也不願意教自己的孩子英文？若林夫人心中感到不舒服。

若林夫人注意穿著不習慣的低齒木屐的腳邊，走下前院的坡道。早晨冰涼的空氣讓她的心緩和不少，包圍這間飯店的大自然實在太棒了。能在偷偷懷抱著計劃的旅行早晨享受到這般幸福的感覺是若林夫人想都沒想過的。

在晨霧中隱約可以聽到男人們的歡笑聲。

「唉呀？居然在做這種反常的事。大清早的就在打棒球啊？」

「真的呢！這間飯店真是不可思議。老公你看，分成客人隊伍和飯店隊伍呢。啊，木戶先生是裁判啊。」

「好—球！」仲藏頭目綁起浴衣秀擺高舉右手。夫妻倆人站在擋球網後面。

「我說老爹啊，不是這樣的吧？剛剛這球要是好球的話就連落合[31]也沒辦法打啦。」

「囉唆，我說好球就是好球。在這裡老子就是法律！」

「可是，從剛才開始就沒幾顆球入好球帶。拜託啦，老爹。」

「你娘咧，老子既然說是好球哪怕是壞球也是好球。你這渾小子是在道上吃了幾年飯啊？敢

31 落合博滿，日本著名的棒球打者。

不服我的裁決就踢出組織去！」

「踢出組織！那就沒辦法了。真是可怕的規則啊。」

「不過在這種霧裡面，老實講我也看不太清楚啦。總之不能確定的都算好球吧！」

球場上充滿和樂融融的氣氛和笑聲。

「那位看來不像是壞人呢。」

若林夫人一面跨步離開這麼說道，只見丈夫果然用很不悅的臉回過頭說道：

「那種事妳沒必要知道。」

踩著喀喀作響的木屐，夫妻倆人走下緩坡道，出了點著門燈的石門。森林的氣息變得愈加濃厚。

若林先生默默走進看不到盡頭的霧裡，若林夫人則以小跑步追趕丈夫那幾乎要消失在白色帳幕的背影。

說不定，這是最後一次像個下女跟在他背後。不對——是要讓這變成最後一次，若林夫人發誓著。

今晚就表態吧！不知道丈夫那張高傲的臉，在離婚證明書前會如何扭曲呢？

若林夫人心想：明天的這個時候，我要一個人心情爽朗地走下這條坡道。

爬了一段沿著溪流的路之後步道沒有繼續延伸，變成了砂石路。若林夫人邊注意不讓木屐的底齒踩到石頭邊行走，不久後來到溪流前，小路分成兩邊。

丈夫佇立在霧中，看著路邊的指示牌。往上的砂石路是「夜叉峰——深山溫泉林道」，往下的小路則是「距離觀音瀑布五百公尺」。

「五百公尺啊，那還有點距離。」

輾過砂石，開著霧燈的巡邏車追了上來。

「啊，不好意思，我想請問一下事情。」

說著，從車窗探出來的臉是昨天在車站前派出所的巡警。若林先生不高興地撇過頭去。

「唷，昨天真不好意思。我有些事情想請教一下。」

「哼，又是職務詢問嗎？我今天什麼都沒帶喔。」

「不是的，先生，先別這麼說。我想請問有沒有在這附近看到可疑的一家人？」

夫妻一臉驚訝地看著巡警。

「我不是很清楚，所謂可疑的一家人是？」

「是這樣的，昨天深夜的時候郊區的一間加油站人員被客人叫醒，但是據說只加了十公升的油。客人掏了一堆零錢出來付帳後，就不發一語開進了夜叉峰的林間道路。通報內容說那家人一定是要去自殺的。」

「唉呀，一家子人要自殺！那可不得了，得趕快找到才行。」

「印象中飯店裡沒這種家庭住宿。只要越過這山的最高點就會到這裡。」

「我們好像沒看到那種客人呢，老公。」

若林先生沒回答妻子的問題，撫然說道：

「你們自己去問應該就知道了吧？」

巡警露出「這麼說也是」的表情，並脫下帽子。

「不過，還是都問一下。如果不知道的話也沒關係，大概是平安無事地回去了吧。先失陪了。」

巡邏車朝著林間道路駛去。

「真是沒禮貌的傢伙。不過他不想去那間飯店是因為職業的關係吧，唉，也不是不能理解啦。」

順著小路走進森林後，水聲就愈來愈近了。這是條一邊可以看到山谷的狹窄道路。感覺愈來愈往山林深處走，對於是否只有五百公尺的距離令人相當懷疑。

「什麼叫一下就到了？那間飯店的人說的話根本不能相信。這怎麼說都不是能穿著木屐來的地方。還是說，那些傢伙認為這樣的距離叫一下就到了嗎？」

若林先生不屑地說。這人怎麼每個地方都這麼像日本人呢？望著意外適合穿自己看不習慣的家居棉袍的丈夫背影，若林夫人想。

丈夫首先會思考對方比自己的地位高或低、能力優秀或低下，然後以此為依據去改變態度。只具有這種認知能力的人過去跟全世界的公司做生意，不用想也知道是不可能會順利的。年輕的時候滿腦子想要出人頭地的丈夫，經常「那傢伙是私立大學畢業的」，或是「那傢伙是東大[32]畢業的」這樣對同事評分。雖然若林夫人想回他說：「那又怎麼樣」，但現實中是身處在必須戴著自己來歷的職場，所以也沒辦法。

退休後仍然用這種歧視的說話方式的丈夫，令若林夫人感到十分不恥。

「不要再用那種說話方式了吧，你也不是什麼大人物。」

丈夫不快地將他的鷹勾鼻轉向一邊。

道路突然向谷底急轉直下，霧依舊相當濃厚。檜木和杉木不知何時變成遮蓋天空的原生林，四周的岩石愈來愈多。

「什麼名勝？什麼一下就到？真是不能信任。喂，志保，注意走啊，要是在這裡滑倒人生就說再見了。」

若林夫妻在難以行走的岩石路段抓著鎖鏈繞行下去，瀑布的聲音已經相當近了。霧從山谷間朝天上被推出去。似乎已經到達目的地。

若林先生好不容易走下拉著鎖鏈的岩石路，忽然在一塊岩石後停下腳步。

「老公你怎麼了？該不會是有蛇吧？」

噓，丈夫把手指放到嘴唇上並對妻子招手。若林夫人墊腳看向丈夫身後，壯觀的瀑布就在眼

32 指東京大學。

前。接著她差點要發出尖叫，急忙用手遮住嘴巴。

在水滔滔不絕落下的大瀑布前，一塊向深綠色的瀑布潭伸去的岩石上，有著不論怎麼看都很可疑的一家人呆坐在那。

穿著工作服的父親及抱著嬰兒的母親，另外兩個孩子則穿著飯店那會垂到地面的短日式外套。一家人感覺似乎用盡了所有力氣，排排坐在一塊溼漉漉的岩石上。

「那就是剛剛巡警先生說要自殺的一家人吧？」

若林先生「嗯」地低聲回應，吞了一口口水。

「我們回去吧，老公。」

若林夫人的腿發抖著。

「回去？」

「反正已經看到瀑布了，這樣不就好了？我們回去吧。」

丈夫被若林夫人拉住袖子，只見他回過頭露出恐怖的眼神。

「妳這女人怎麼這麼無情啊？難道打算見死不救？」

「這跟我們又沒有關係，不要隨便插手管別人的事吧！我不喜歡這樣。」

若林先生揮開妻子的手。

「現在是說喜歡不喜歡的時候嗎？眼前可是有人要尋死耶。」

一家人的面前放著一個不銹鋼水壺，就像是供奉給豎立在瀑布潭對岸岩壁上的白色觀音像。

若林夫人一想像水壺裡面一定是加了毒藥，剎那間便感覺要昏了過去。

「妳要回去就自己回去，我有必需要做的事。」

「老公，拜託你不要這樣。這是命啊，每個人都有所謂的命運。」

話還沒說完，若林夫人一邊的臉頰就被甩了一巴掌。這是丈夫第一次對自己動手。

「那麼，我今天會來到這裡、遇到這件事不也是命運嗎？」

話才剛說完，若林先生就跌跌撞撞地跑向岩石。

「老公等等啊，不要丟下我一個人！」

若林夫人追在丈夫後頭。

在一片轟隆聲和四濺的水之中，一家人只是呆坐著。父親對著觀音像雙手合十，母親和孩子們也模仿著那動作。四雙鞋子整齊地排放在岩石下，幾乎可以確定他們打算做什麼。只見母親拿起了水壺。

「給我慢著！慢著！」

若林先生邊大聲喊叫，中途跑過岩石時脫掉木屐跑上前去。

一家人同時回過頭去，但他們並沒有露出慌張的樣子。他們早就喪失心智，就像看著電視畫面，沒有任何表情。

「你們想幹什麼?!」

丈夫說著並跳到岩石上面，從母親手中搶過水壺後丟進瀑布潭裡。

「不要那麼快就想死！如果想死的話你自己去死就好了，跟你家人無關吧！」

顫抖著身子威嚇那名父親的若林先生，不知為何看起來竟不可思議地衰老。

一家人沒有反抗的舉動，只是坐著呆呆看著水壺飄走。

若林夫人將丈夫脫下的木屐抱在胸前佇立著。

「你又怎麼知道是快還是慢？我跟你又不認識。」

那父親說道並咬著嘴唇站了起來，妻子則一直沉默。

「總之，先跟我說發生了什麼事，說不定我可以幫上忙。」

像是壓根兒沒聽到若林先生的聲音般，一家人面無表情的站起來後，穿上各自的鞋子離開。

「爸爸，我餓了。」

男孩子伸手牽父親的手說道。

「也對，回飯店吃早餐吧。」

一家人進行著小孩子般的對話消失在霧中，幾乎讓人覺得他們已不屬於這人世。

若林夫人抱緊了茫然地從岩石上下來的丈夫手臂。

「會不會是我們想太多了？」

「沒那回事吧，他們怎麼看都不尋常。」

「一定是誤會啦，都是因為聽巡警先生那樣說。對了，一定是這樣的。」

一家人消失在鎖鏈那頭後，丈夫就蹲下身子搓揉太陽穴。

「就算是那樣好了……這趟旅程盡是發生一堆奇怪的事情。不會是風水不好吧？」

「只是巧合啦，老公。」

「不，我不覺得是巧合。那父親的工作服上面有繡公司名稱，那是曾經出入新洋的業者。墨東大樓維護——嗯，我確實有些印象。」

花澤經理回到租屋處時已接近中午。

從飯店稍微往下走，穿過樹林裡雜草叢生的小路，可以看到前任老闆曾經住過的氣派房屋。雖然一想到上任屋主的遭遇內心不免毛毛的，但和以往住過的地方相比真的是好太多了。「那件事」還是先不要說出來吧，花澤經理心想。

庭院前，十七歲的獨生子正擦拭著像怪物的摩托車。他一認出自己的父親後，就皺起修得細細的眉毛擺出惡劣的態度。

「真受不了—，難看死了啦—，還不都是你沒什麼出息啊。給自己的老婆小孩惹一堆麻煩。喂，老頭，給我買台越野的啦。」

「已經到了嗎」，花澤經理忽視兒子惡劣的態度，打開玄關的拉門。從走廊上堆得如山一般的紙箱之中，妻子疲憊的臉探了出來。

「你回來了。這裡真不錯呢，6LDK居然還附溫泉，簡直像作夢一樣。風景也很好。」

「繁那小子，囉哩吧唆說了一堆有的沒的，結果還不是來了。」

「就算說了什麼大話，畢竟還是個小孩子。總要讓他冷靜下來好好思考。」

花澤開始顛沛流離的人生的時候，繁正好要上小學。期間繁不知到底經歷過了幾次轉學。他原本是個很聽話的孩子，但好不容易學會地方上的口音後，就又搬移到完全不一樣的地方去。這樣的重覆讓繁的個性扭曲了。

雖然讓他借住遠親的家，還讓他上都立高中，結果卻不如預期。僅僅一個月後，父母所看到的兒子是個把頭髮染紅、削掉眉毛，打扮的怪裡怪氣並用蹲馬桶的姿式深夜蹲在便利商店前的飆車族。沒想到繁居然會變成那樣。

繁不怎麼去學校。經過父母彼此討論的結果，決定先申請休學把繁帶來這次調派的地點。其他也想不到有什麼方法了。

「要讓他擺脫那些壞朋友的話這是個好機會。在這裡他也只能放棄了。」

妻子從紙箱裡面拿出餐具，突然看向窗外的庭院。

「讓他去飯店打工吧，那樣是最好的了。」

至少這應該不會是最好的方式，花澤經理心想。如果要讓他在那邊打工，身為家長要對那裡的環境有一定的覺悟。

「說的也是……。」

花澤經理模糊地帶過。

「一定要讓繁做些工作。不然他只會玩樂，這下搞不好還會變成小混混。」

「啊，啊啊……也是。必須要讓他學會工作……。」

妻子開心地擦拭起廚具。

之前不論哪個工作地點，說是員工宿舍其實也只是兩間相連的房間、最多只到２ＤＫ的公寓。花澤不曾看過這麼高興地整理屋子的妻子。

過去夫妻兩人總是在花澤上任後的一個禮拜內不停的爭吵。在回復平靜前，都不停對彼此抱怨，或是因無聊的小事互罵。如此一直重複。

「欸，老公，我們就一直在這裡吧。你也當上了經理，就在這紮根吧！」

面對妻子如此平靜地說道，花澤咬緊了臼齒。

「繁也讓他轉到這邊的高中，我們暫時穩定下來吧。」

「喂喂，這個家可不是我們的東西咧。感覺冬天搞不好還會被埋在雪裡，要想那種事情未免也太早了吧？」

像是故意要讓人聽到般，繁發出腳步聲走了過來。

「你們是開玩笑的吧？要在這種鳥不生蛋的深山裡定下來──？這是敗給你們了，去感化院還比較好咧。」

「不要用那種口氣說話，小繁。爸爸也不是自願這樣一直被調來調去的。」

「那是老爹自己太笨了。還不都是因為是上班族啦──，只要對上頭的人低頭、欺負下頭的人，才不會落到這種地步咧──。」

花澤已經無力再責備繁了。這種時候只能孤注一擲，讓他在飯店裡面工作看看了，花澤經理下定了決心。

「你，從今晚開始在飯店打工吧。」

「你說今晚？哪有這麼快的啊─？」

「因為忙不過來，反正你在家裡也沒事做吧？」

其實花澤心裡真正的想法是：如果放他在這附近亂晃跟飯店的人起衝突的話，到時可就吃不完兜著走了。

「哼，不錯啊─。反正我閒著也是閒著。可要給我薪水啊！」

「嗯，那當然。像你這樣的年輕人也不少，應該會很有趣。」

「是─唷，那我就做看看吧。還真是期待哪─。」

妻子不放心的插嘴：

「老公，沒問題嗎？小繁，不可以使用暴力喔。」

花澤邊微笑邊拍著兒子的肩膀：

「沒錯，就做看看吧，畢竟開頭可是最重要的。」

12

「一到牆外，居然就被踢出了組織。真是，搞不懂自己到底是為了什麼去吃牢飯的。實在是笑死人了。」

——謎樣的旅人自嘲般說道。

我做了個惡夢。

如果不是清子把我搖醒，我大概就要在睡眠中被這惡夢殺掉了吧。就是一個令人這般痛苦的夢——我生長的房子早已被埋在大樓之間。夢中，我和家人在工廠裡一間面向小小庭院的客廳。我們圍著矮桌吃飯，飯碗裡有滿滿的納豆和醃蘿蔔。

有父親母親和祖父母，以及我還記得的工人們。當然，母親沒有臉孔。

我們一面吃飯，其他人堆起滿臉的笑容祝賀我的成就。突然，父親開始激烈吐血並仰倒下去。

沒有任何人救他，大家都露出事不關己的模樣繼續吃飯。我的身體像是被鬼壓床似的動彈不得，於是我大聲叫喚富江。

頭上綁著三角巾，指甲都是黑色的富江從工廠跑了過來，抱起父親。

富江用手指刺入自己的咽喉吐出血來，然後用嘴餵父親喝下那些血。我無法忍受而逃了出去。

跑出工廠來到大街上後，我看到象牙色的都電磨出青色的火花行駛過來。我莫名地很想搭上都電。屋子的斜對面有停靠站，正想過去時，我的手被母親白細的手抓住了。

沒有臉的母親在哭泣，因為再也見不到我而哭。不知從什麼時候起，我變成了和母親分別時的小孩模樣。

「那，我會寫信，每天寫。」我說道。

母親搖搖頭：「媽媽要把你丟下，所以不能告訴你住址。」我拼命拉住要離去的母親的袖子。

「不然我把信寫成一本書，讓媽媽不管在世界上的哪間書店都能買到。」

「那不錯呢，你這孩子腦筋真好。」

我緊緊抓住母親的手，「我不要妳走。」不停踏著地面。

「真是令人傷腦筋的孩子，別人都在看呢！」媽媽在我面前蹲下，用細白的手包住我的臉頰。

「聽好囉，要每天都寫信喔！媽媽只要去書店買來看的話，就知道你每天都在玩什麼遊戲、吃些什麼，還有怎麼長大的我就會知道。懂了嗎？一天都不可以少喔。」

「嗯，要每天都買喔。我會每天都寫的，所以媽媽要每天都看喔。」

我邊哭邊說。在行道樹的樹蔭下，停著工人們送貨時所使用、兩腳處有白色擋風板的機車。母親輕輕側坐上去，貼在陌生男人的背上離開了。

我追在後面。街上一遍寧靜，沒有人車。突然仲叔擋住去路，抱緊了我。仲叔的神情相當哀傷。

「阿孝，大家都死了，只剩下我們兩個了。」

「媽媽也死了？」

「是啊，都死了。現在這世上還冠著木戶這個姓氏的人，只剩下我和阿孝了——。」

把一臉擔心看著我的清子毆打在地後，有好段時間我坐在棉被上腦袋一片空白。

彷彿回想過去的事般，這個夢在我內心留下強烈的感覺。幾乎讓人不得不認為那並非虛構，是真實發生過的事。

雖然父親和工人們在客廳喝酒，然後吐血昏倒是母親離家之後的事，但那是事實。

這麼說來，在都電大街我和母親分離時的對話，說不定是沉睡在我記憶深處的事實。我想至少應該曾有過類似的場面。

孩童時期倔強的我，自有記憶以來如此號啕大哭的，就只有在路上與母親別離的那一次。那時候，我不知和母親說了些什麼。不管是行道樹下停著的機車也好，母親坐上那輛機車離去也好，說不定都是我在現實看到的景象。

我離開清子的房間。明明都已經接近中午了，但放在主室的兩人份早餐完全沒被動過。

「老師，早餐呢？」

「連我的一起吃掉，總覺得懶得去吃了。」

「……兩人份……我吃不完。」

「吃不完也給我吃。反正妳不也都是代替我去廁所嗎？那樣可幫了我不少忙，就是吃飯也一樣。」

是，清子回答。

「不可以剩下喔，我現在肚子可餓的呢！」

清子搖搖晃晃地走到桌子前坐下，看著豐盛的兩人份早餐，一臉厭膩地抬起頭看著我。

「我不喜歡梅乾……。」

「我可喜歡呢，我都連種子也一起吃下去。」

留下這句話我就出了房間。

做過惡夢之後，什麼都不思考讓身體運動是最好的。也許去散個步吧！從旁人的角度來看，一個作家一面構思書的內容一面散步，簡直就像一幅畫。不，不是散步，應該稱作漫步。

我身著剛起床時穿的浴衣，踩著木屐走出玄關。只要邊想著關於版稅的如意算盤邊走的話，我有自信可以馬上變成貝多芬那般難看的臉色。

天空的樣子正適合盛開的繡球花，是模糊不清的天色。甚至還飄著薄霧，剛好符合我的理想。

我在那不知所以然的庭園裡漫無目的走著，出了大門越過馬路，走下溪谷九彎十八拐的階梯。

森林中有一片竹叢。我心想，要是在路上看到蛇的話，就抓回去嚇昏清子。

山谷很深，也可能是階梯如沉入霧裡般而讓人有這種錯覺。

溪谷裡青苔茂密生長，和遮蔽天空的綠葉相輔相成，形成綠色的洞穴。

在俯視水淵的岩石上，有個人影蹲在那。浴衣袖子被拉到肩膀上，可以看到他身上七彩的刺青。那人下顎放在膝蓋上，雙手環抱膝蓋，讓我覺得就像一名凝視養著昆蟲的籠子的少年。

男子察覺到他人後抬起頭來，鬆開雙手改成半蹲似乎在提防著。

我說聲「你好」之後，男子塞到耳後的頭髮輕輕垂下來，維持半蹲的姿勢有禮貌地低下了頭。

隨後男子馬上變回原本的姿勢，一直看著水面。

我靠在離他有些距離的岩壁上點了一根菸，視線一直無法離開男子的側臉。

到底是在哪裡見過他？——我思考著。確實曾經在某個地方、而且還是很親近的，我們曾經見過。

我有想過可能是之前採訪過的黑道的其中一人，但卻怎麼也想不起來。以年紀看來跟自己差不多這點來說，也可能是青梅竹馬或是同窗同學，但想不到符合的對象。

直到抽完一根菸為止，絞盡腦汁思考之後，我才終於想到並且愣住了。

那名男子跟我現在執筆中的小說裡的主角——那個叫昭一的年輕殺手幾乎是同個模子印出來的。

只要長期寫故事的話，就會覺得登場角色比現實中存在的人還有真實感。尤其是沒有特定的參考對象，完全憑空構思出來的角色的話，這種現象就更加顯著。

像是誤以為半夜打電話來的是小說裡的女人，或是想到必須寫賀年卡給小說裡的登場角色跑找地址這些事我都曾經發生過。

就連剛才如果我是在半夢半醒間的話，大概會叫他「阿昭」吧！因為腦袋還昏昏沉沉的，所以要意識到那男人是昭一需要時間，同時也需要時間去想到他只是個很像昭一的人。

男子一邊看著水面，一邊不時像在推測我是怎樣的人而用斜眼看過來。

「雲的樣子似乎愈來愈奇怪了呢。」

自樹木之間可以仰望到有著厚厚雲層的天空。

「是低，好像有颱風要來。」

男子眼神略微向上移，小聲回答。語尾有些口音。

「是大曾根先生那的人嗎？」

「不……」，男子吞吞吐吐，似乎在想怎麼回答。「我是個旅人。」

當然，怎樣聽都不覺得是個旅人。因為男子似乎相當有防備心，所以我就簡短地說自己是老闆的姪子，因為工作就順道來這，從昨晚開始停留。

「我也是，因為受到木戶頭目不少照顧──剛來這邊沒多久。」

這樣可以得到兩種解釋。一個是這男人從關西來到關東，還不清楚地理和風俗習慣。另一個是他剛結束長年的牢獄生活，不知道現在世上的規矩。身為殺手昭一的生父，我當然希望是後者。

像是回應我的期待般，男子又說了一句：

「一到牆外，居然就被踢出了組織。真是，搞不懂自己到底是為了什麼去吃牢飯的。實在是笑死人了。」

這句話可以用，我心想。

此時，才覺得樹林之間有些動靜，足以讓水面翻滾的斗大雨滴就開始落了下來。四周瞬間變成黃昏般昏暗。

「啊，開始下了，這可是暴風雨啊。」

我把棉袍披在頭上，往曲折的階梯跑上去。

一回過頭，完全沉浸在茶綠色之中的山谷的岩石上，男子動也不動地依舊蹲踞著。浴衣背後被雨打溼，剎那間七彩的刺青圖案浮了上來。

在此同時，我清楚看到那個跟昭一完全一樣、對著烏雲怒吼的老虎模樣。

我拔腿在雨中狂奔。等我抵達飯店玄關時，一屁股就坐在玄關邊的橫木上，但這不光是因為平常缺乏運動所造成的。

我所創造的架空人物，更正確的說是還在建構中的人物，突然踏出稿紙的格子出現在我面前。

有段時間我抱著頭，頻頻對自己說：冷靜下來、冷靜下來。

等心跳恢復平穩後，我冷靜地回想〈創作筆記〉的內容：

〈道義的黃昏第七部〉的主角，殺手權藤昭一的個人檔案：

昭和三十年，生於九州筑豐。兄弟九人中排行老么。自當地國中畢業後，等同離家出走般來到東京。先後當過咖啡店的服務生，酒館的吧台小弟等等，最後在以淺草一帶為勢力範圍的賭徒吾妻家族裡住下。

身高一六五公分，體重六十公斤。從雙臂到腿有對著烏雲怒吼的老虎刺青。沉默寡言，語尾有九州口音。個性直率但也有內向的成份，有著讓人不知在想什麼的特性——。

換句話說，我把殺手主角架構成和在高度經濟成長下出生的我們活在同個世代，卻命中注定和社會脫節的「特殊青年」。在這有史以來可說是最和平的國家和最富有的時代裡，昭一是例外中的例外般經歷貧窮和悲哀。藉著和幸福的同世代年輕人作對比，描寫這個「特殊青年」到犯下殺人為止的過程。小說約是這樣的旨趣。

為了方便，我設定昭一和自己為同個世代，舞台也幾乎在東京海線的商業區。除了有次造訪筑豐的一個已荒廢的小鎮之外，我幾乎沒有外出取材的必要。

接下來，我只要從清子口中盡量仔細地問出和已分手前夫的事情就好了。

想到這，我會再次感到驚訝也是理所當然。心跳像是晨鐘般敲擊著，不僅如此，還引發了貧血、眼冒金星。

大白天就心情愉悅的大曾根，自大廳另一端的吧台走過來，從背後把我抱起來。

「怎麼了？老師。你的臉色蒼白哪。」

「……啊啊。我剛剛跑步了一會……結果引發貧血。」

「渾身都濕透了，來，我來幫忙吧。老師你得回房間換件衣服。」

我把手臂一放在大曾根的肩膀上，彷彿胃袋被握住的嘔心感就湧了上來。

「嗯，不行，會吐出來。」

「那，先在那裡的沙發躺下來吧。」

大曾根讓我躺在豪華又沒品的金華山織沙發上，還小心地讓我的頭枕在扶手。大曾根真是從外表看不出來的細心啊，我用濕淋淋的腦袋的一塊角落想著。

櫃檯的小弟拿著臉盆和杯子跑了過來。

「要洗一把臉嗎？還是會想吐？」

大曾根把身上的黃金手鍊及項鍊弄得響亮，像古埃及的祭司般說道。我則詛咒他那份木訥的貼心。

作為枕頭的扶手高度恰到好處，可以感覺到血自腦袋流出去。喝了一口水，我下意識地將沉重的眼瞼面向玄關，等待嘔心感消退。

「是不是昨晚沒睡啊？老師，要保重身體啊！」

「謝謝你，我已經好多了。」

對了，是因為太累了。就暫時忘掉工作好好放鬆吧。在我漸漸平靜下來的腦袋裡，開始想著也許到目前為止我所看到的一切都是夢的延續。我靠在岩石上小睡了一下，然後做了一個夢。

可是——

「您回來了，淋到雨了吧？」

聽到櫃檯人員的聲音我稍微打開眼皮，夢裡的男人就從我的眼前走過去，毫無停頓。我從大曾根手上搶過臉盆，激烈地嘔吐。

大曾根驚慌地拍著我的背。

「嗚哇，不好了。老師他、老師他！」

我緊張地將眼睛往上看，但男子似乎對這邊的騷動並不在意。只見他從容地用毛巾擦拭脖子，坐在吧台的高腳椅上點了一杯咖啡，慢慢翻開體育報紙：

「很好，門田打出了全壘打。」

等等男子自言自語了起來。

用袖子擦掉口水之後，我問大曾根：

「說到門田，記得是大榮球隊的吧？」

「呃？是低。中年之星，門田。好像本季結束就要引退了，真是可惜啊！」

「大榮是九州的吧？」

「是低，福岡大榮鷹隊。」

「真是稀奇啊，這裡居然會有鷹隊的球迷……。」

大曾根稍微撇過頭去看向男子那邊。

「請不要這樣，老師。會被聽到的。」接著說道，「那傢伙，不是一般人。」

血壓再度急轉直下。我想要是心臟停止了的話，就會變成相當離奇的死亡事件。

「說不是一般人是怎樣個不一樣法？」

大曾根在我耳邊小聲說道：

「他是劊子手啊，在道上是小有名氣的殺手。應該是剛從牆裡面出來。」

我邊期待自己心臟的性能，又追問道：

「我想問個小問題，在道上所謂的劊子手，很不尋常嗎？」

「……我說老師啊，現在的黑道都是開明自由的。我們不做像是逞凶鬥狠或貪圖金錢的事情，外表也樸素。像劊子手這類的，只會讓人覺得不舒服。總之，先不管小說的世界，但現實上就是這樣。」

雨滴敲打在面向庭園的大玻璃窗上，遠方的山發出低吼。不知佔了幾百張稿紙的故事一氣呵成地湧現出來。果然取材還是很重要，我細細思考著。

櫃檯的小弟拿了胃藥過來，正要打開瓶蓋時，我對自己的企圖感到可怕，同時開口說出那可怕的企圖：

「我有習慣服用的胃藥。不好意思，請打電話到我房間叫我秘書拿過來。」

看著坐在高腳椅上閱讀報紙的男子背影，我有點搞不清楚自己的膽子究竟是大還是小。

那男的是不是清子已經分開的前夫——我打算把當事人叫來弄個清楚。其實或許沒必要做到這種地步，但若真如我所想的，我就更想讓兩人當面對峙。我很想看那樣的場面。

此外還有一點，就是希望避免如果我和那個男的在飯店的某處不期而遇時，受到他傷害之類的事情。

如果雙方在大白天的大廳及旁人注目下會面的話，應該就不會出那樣的差錯。畢竟人比較多，要是真有什麼萬一也可以把仲叔叫來擋住。

我閉上眼睛等待清子。

「那，老師，我先失陪了。」

大曾根小心翼翼地把臉盆抱著站起來，我一把緊緊抓住他的手：

「再陪我一下，不要把我丟在這裡。可以的話我希望黑田先生和仲藏叔叔也在這。可以幫我叫他們來嗎？」

「老師的膽子真小啊！不過這麼一說，臉色似乎比剛才更糟糕了。感覺一個弄不好就說再見，畢竟小說家不是英年早逝就是長命百歲。」

大曾根不放心地回握我的手，朝向櫃檯喊道：

「喂喂，可以把頭兒和老闆叫來嗎？老師的狀況不太對勁。還有拿墨水和筆來，說不定會詠辭世詩啊。」

男子一點也不在意，用溼透的背對著我喝咖啡。我一面思考著辭世的詩歌，一面在內心祈禱。

叮咚，電梯的鈴聲響了。浴衣再罩上棉袍，將頭髮像是婦人般梳起的清子出現了。之所以會覺得那模樣似乎又顯得更加美麗，一定是因為我快死了吧。

清子以她那擅長用來對付世人的不知所措的動作環顧四周，認出癱倒在沙發上的我之後，發出「咦咦」的聲音後跑到我身邊。

「怎麼了？老師。身體不舒服嗎？」

我儘可能地打起精神說道：

「謝謝妳，阿清。我一定要吃這個藥才行。能看到阿清的臉我就放心了。」

就像筋疲力盡的李爾王般，只有聲音還是神采奕奕，我說道。

如我所料，男子站了起來，木製高腳椅應聲倒下。轉過頭來的男子臉上顯露出詫異的表情。那就像是自黑暗中暴露出來的古老繪卷的一小塊，漸漸染上悲哀又無法恢復的顏色。這一切我都清楚地看到了。

「阿政……。」

清子一瞬間害怕地縮起肩膀，兩手放在臉頰上。

「阿清，妳……。」

男子自言自語唸道，然後一面粗暴地將報紙揉爛，一面來回看著我和清子。

清子的雙手自臉頰上無力地垂下後，握住沙發的背。像是某個一直支撐著身體的東西斷了般，清子整個人崩潰了。

「怎麼了？阿清。」

我感覺自己化身民谷伊右衛門[33]，觀察著蹲踞在地上的清子的臉。清子面朝下沒有動作，她因為長繭和雞眼的痛而脫掉拖鞋的兩個腳踝顫抖著。

我爬起身子，儘可能帶著憐愛地將手放在清子圓圓的臀部上。這是為了告訴那男人我們的關係。

「我不要，我不要這樣。老師太過分了。」

清子像是憑倚般抓住我的腳踝。看來似乎是引起了天大的誤會。清子這三年一直忍受我的欺負，她似乎不相信這是巧合，認為是我故意把她已分離的前夫叫到這裡。雖說是誤會，但也對了一半。

「怎麼了？阿清。到底發生什麼事了？」

我像是伊右衛門般冷冷地問。拉著我的腳想要站起來的清子，臉上雖然頭髮並沒有掉下來，但是因為起床時的那一拳，一隻眼睛腫了起來。

不過，這女人的優點，就是絕不怨恨別人。清子就算被殺了也沒那個本事變成鬼[34]。

「振作點，阿清。有我在妳身邊。」

我像是故意講給人聽般說道，清子一下意會過來，將臉埋在我的肚子上。

「我該怎麼做？到底該怎麼辦才好？老師。」

33 日本歌舞伎戲劇「東海道四谷怪談」裡面的登場角色。

34 意指日本歌舞伎戲劇「東海道四谷怪談」裡的女主角民谷岩，被人殺死後因怨恨而化成鬼復仇。

清子拼命忍住淚水，嘴巴都變成ㄟ字形狀道。

我和男子互看了一眼。男子的表情看不出有任何敵意。不如說是有些膽怯、不安，像是小孩子玩捉迷藏被鬼找到了一樣，是張位於錯愕和絕望之間的臉。這個表情可以用，我想著。

「你是，史野政男先生吧？」

不論是跟清子的關係或是場景設定來想，很明顯都佔上風的我乾脆地問。

男子沒有回答，只是逃離似的離開大廳。

聽到我不對勁而跑過來的仲叔，跟男子擦肩而過時握住了他的手，但他卻甩開並跑上了樓梯。

「你們大家怎麼那種臉？——政那傢伙做了什麼嗎？」

仲叔像是想從每個人臉上讀出事情的始末般，投以認真的眼神。

13

「在暴風雨的晚上，會出現幽靈。
上吊身亡的，前任老闆一家人的鬼魂。
剛剛也……從三樓的走廊，走了過去。」

——女侍拿著銀色的十字架發抖。

廚房的收音機正告知有個超級強烈颱風在接近中。

根據昨晚的預報，原本颱風會自紀伊半島登陸然後從日本海出去，但在太平洋上大大改變了行進方向往北偏並增強，今天深夜就會從關東登陸。

「真是，到底在想什麼啊？這個像黑道的颱風。」

梶料理長語帶可恨地說著，不過言詞之中沒有別的意思。

在颱風來襲的當前，廚房已經遭到重大的打擊。河川水平面上升使得電車停駛，原本已該退房的大曾根家因此被迫滯留。這下子根本不知道三十人份的晚餐在哪裡，就算梶料理長也感到相當頭痛。

鎮上的市場沒有貨可以送來。不論哪裡的飯店或旅館都面臨一樣的狀況，所以沒辦法從其他地方調食材過來。

到了下午，風搖晃群山愈來愈強烈，雨橫向拍打。小二們將冬天用的防雪籬笆從倉庫搬出，努力趕工補強南面的窗戶。

梶料理長發出低吟。魚槽裡有香魚，剩下的只有蔬菜了。但必須僅靠這些食材做出三十人份的晚餐。

又是雜燴粥嗎？服部師傅偷偷瞄著梶料理長的表情暗自竊笑。

廚房深處的傭人房間正吵鬧著。有意義不明的叫聲，還有音調平板的祈禱聲和合唱聲。每當有風聲，跟著就會傳出尖叫聲。

「那個騷動是怎麼回事？」

用大拇指比了比身後，服部師傅問道。梶料理長眼神看向牆壁，像是「真受不了」似的嘆了口氣：

「說是有個在他們國家算是悠關生死的颱風要來。這樣根本不是能工作的狀態嘛，你能不能去安撫他們一下？」

服部師傅撥開門帘，往裡面的傭人房看了一下。那是只有放著全身鏡和矮桌，以及電視的小房間。是間讓傭人們沒事做時可以放鬆的休息室。

矮桌被搬到房間一角。少說有十人的女侍們，有如巢裡的雛鳥挨著彼此的身體。在許多張淺黑色的臉之中有一張更黑的面孔，那是岡薩雷斯。

有人小憩時用毛毯蓋住整顆頭，有人抱著放有全部財產的波士頓包，也有人緊緊抱著彼此動也不動。每張臉都露出恐懼的神色，讓人感到可憐。

身穿白衣的服部廚師突然出聲，女侍們都「呀—呀—」大叫發抖、跌跌撞撞。「再、再怎麼樣也不用那麼害怕吧……颱風沒有什麼大不了的。就算再怎麼強，這種鋼筋水泥蓋的飯店也不會有事的。好了，工作、工作了。」

雖然服部這樣說並拍起手，但沒有半個人打算站起來。

阿妮塔將圓臉僵硬成四角型說道：

「我們，不怕颱風。在暴風雨的晚上，會有幽靈出來。是那個在可怕。」

「幽靈?妳說鬼魂嗎?」

昏暗的窗外雨突然變得更強，女侍們全都「哇」地趴在地上。

「嗯—，在你們的國家，鬼魂是在暴風雨晚上出現的啊?那就沒問題了，因為日本的鬼魂是在無風、不冷不熱的夜晚才會出現。」

沒有人笑。何止是沒有人笑，所有人都擺出「不要開無聊的玩笑」的臉面向服部。

「不是的，廚師先生。之前颱風來的時候，大家都看到了。今天，也已經有人看到了。」

「等、等等，為什麼這間飯店會有鬼魂出沒?」

服部師傅的臉一下變得明亮或暗沉，浮現出一種令人害怕的神情——天才料理人服部正彥師傅，知道他喜歡超自然現象的人是少之又少。

去年，服部買在京王線多摩墓園旁的公寓已經被怪異類書籍和恐怖片掩埋。此外，假日時去附近的靈異景點是他的樂趣。

服部因為工作，這項興趣不能對外公開。但從小時候開始累積的知識，已經能成為一門學問了。

服部之所以不當靈異學者而選擇當料理人，只是因為他發覺到自己的料理手腕比靈能力還要優秀一點點而已。

「會出現。在富士見之間上吊自殺，前老闆一家人的鬼魂。剛才，岡薩雷斯也看到了。走過三樓的走廊。爸爸、媽媽跟兩個小孩。」

阿妮塔扳著顫抖的手指數道，女侍們圍成的圓圈發出尖叫且更縮小了。

「什麼啊，那不就是富士見之間的客人嗎？」

「不——，不——。是送茶去富士見之間，回來的時候看到的。一家四口，牽著手，爸爸——，好冷喔——。媽媽——，好暗喔——。好冷喔——，好暗喔——，這樣。」

服部師傅的心興奮地狂跳，冷汗流過穿著白衣的背。

「是地縛靈，不趕快除靈的話後果會不堪設想。」

「噫——」所有人都趴在地上。服部感到背後有人而轉過身去，只見梶料理長拿著滴血的肝臟站在那。

「師傅……這個是要拿來幹嘛的？」

「唔哇！呃、這個，是員工吃飯的時候要用的，炒豬肝片。哇啊，真是嚇到我了。」

「為什麼？肝臟會很可怕嗎？」

「不，不是那樣的——他們說前老闆的有鬼魂出現，還走過三樓的走廊什麼的……。」

梶料理長的臉上瞬間蒙上一層霧。肝臟從手指之間滑落，滑溜溜地在榻榻米上顫動著。

女侍們再度發出尖叫縮成一團。

「料理長，請盡量不要嚇到他們。像是聲音太大，或是突然做大動作。大家現在非常的害怕。」

「不，不好意思……我不會再嚇到他們了。」梶料理長的身子也微微發抖，用雙手遮住臉。

「這麼說來……老闆和老闆娘還有孩子們上吊的時候，確實就是像這樣的暴風雨夜晚啊……。」

眼睛從沾滿血的手指之間露出來，梶料理長說道——。

雨勢愈來愈強，看來颱風是朝這邊過來了。得趁現在進行館內的檢點。

花澤經理邊在員工宿舍的屋簷下穿上雨衣，對妻子吩咐道：

「套窗還是打上釘子比較好吧。木板的話屋子後面應該很多，就叫繁去做吧。」

「可是早些時候房東有來，說這個房子沒問題的。因為被森林包圍住，加上建造得比外觀還堅固。」

「——房東？」

「是啊，他應該是想說不要在這房子打釘子吧。」

「是怎樣的人？是個身材高挑很有個性，大約六十歲的人嗎？」

「不，不是那樣。大概四十五、六歲，人瘦瘦的，臉色也不是很好。掛著眼鏡，臉有點像是歌舞伎演員。」

花澤邊看四周邊想，飯店裡有長那樣的人嗎？

「那是大概幾點的時候？」

「我們到這裡的時候，他就呆呆地坐在那裡的水泥地，甚至還幫我們搬行李呢，他很開心地說屋子要是沒人住就容易壞。那個時候，大概是十點吧！」

十點應該還沒有颱風的跡象，而且有霧的時候。難道是在那麼早的時間就得到資訊，特地跑過來提醒的嗎？

「真是奇怪哪，說是房東，那名字是？」

「這個嘛，他說在這個房子住了十年。當初飯店改建成鋼筋水泥的時候，這間房子也好像一起蓋了。現在是住在飯店的後山。」

「飯店的後山？——那種地方有住家嗎？到底是誰啊？」

大概是木戶老闆的家人或親戚之類的吧。居然還幫忙搬東西，得向他道謝才行。

衝出雨幕，繁的機車騎進了庭院。

「哇—，好猛的雨。在那邊的轉彎滑了一跤。好痛，屁股擦傷了啦。」

「你啊，不要綁著頭巾，換戴安全帽吧。在這種山裡又沒有人會覺得這樣很帥。」

「可是啊—，那個上坡還真是夠嗆的。我啊，還想要不要避開，從側邊閃過。老頭，買騎士服給我啦。」

「比起那種事，先去換衣服來幫忙。會感冒的。」

「不過還真是受不了啊—。兩個小鬼頭，突然就衝了出來。」

花澤一把抓起脫下牛仔褲按摩著腿的繁。

「你說什麼！兩個小孩！那不是飯店的客人嗎，你不會讓人家受傷了吧？」

「才沒─咧。我用身體停下來了，了不起吧。」

「真的沒讓人家受傷吧？」

「就說沒有嘛─。不過，真的有一瞬間想說糟糕了。不知道為什麼，那些小鬼輕飄飄地閃過了。然後看到我跌倒，還在那邊笑我咧。真是，就算沒家教也不會到這樣吧─。」

這也必須去跟人家道歉才行，花澤嘆了一口氣。

山谷的天空湧出厚厚的烏雲，山隆隆作響。葉背一口氣翻過來而變色的山表，可以清楚地看出風的通道。

花澤一回到飯店，只見小二們正慌忙地做防颱準備。對於這良好的應對能力，花澤經理感到佩服。

「這沒什麼，大家年輕的時候都習慣這樣把事務所的擋雨板拆拆裝裝的。」

黑田自得其樂地說道。

「話說回來，大家好像都是九州或沖繩的人吧？」

「……不……也不完全是……反正，也沒什麼差嘛。會淋溼的，請到裡面來。」

在玄關一面擦拭身體，花澤經理問黑田道：

「有位我想大概是老闆的親戚的先生有來幫我們搬家，所以我想跟他道個謝。你知道會是誰嗎？」

「頭目的親戚？那，就是那位作家老師吧。不過——他看不出來是那麼熱心的人哪。」

「不，不是那位老師。是大概四十五、六歲，戴著眼鏡，聽說樣貌像是歌舞伎演員的男人。」

黑田正脫掉長靴，瞬間身體僵住。他擺出仁王臉慢慢地轉過身，用低吼的聲音說道：

「經理，玩笑是不能亂開的……。」

「怎麼突然露出那麼可怕的表情？我沒騙你，他還幫我們搬東西。」

只見黑田的嘴唇抽筋似的扭曲發紫。

「經理，有什麼地方弄錯了吧？可不可以就當作沒看到呢？」

「呃？當作沒看到……這是什麼意思？不說明理由的話我無法接受。」

黑田看著外面的暴風雨，像是在思考怎麼說才好，說了一句「來這邊。」後就轉身走進帳房。

黑田朝著打瞌睡的櫃檯人員的頭上摑下去之後，面向帳房裡面的神龕拍手。將祭神驅邪的幡放到一邊，從小神社旁拿出一張收在相框裡的小照片。

「該不會，是這個男人吧？」

那是以庭園的東屋為背景的全家福照片，中年夫妻與一對孩子。父親的長相確實符合妻子所描述的那個男人。

「啊啊，好像就是這個人。原來如此，才會說是像歌舞伎演員……。」

話還沒說完，花澤經理就像觸電般「啊」的叫出來，相片也掉在地上。

「怎麼……可能……。」

黑田的嘴唇發抖：

「我也是不想相信這種事……但畢竟現在這間飯店的情形是雪上加霜，什麼都有可能。」

彼此因對方害怕的臉嚇到發抖，兩人雙雙倒在椅子上。

「……什麼都有可能啊。雖然這種說法很籠統，但還真是貼切啊，黑田。」

「是低。頭目就是那樣，來者不拒、不分內外的人。因此這裡自然而然聚集了許多有隱情的。」

黑田的說話方式裡，充滿了不想直接說出「那個」的心情。

「原來如此，確實是有隱情。」

花澤經理重整心情站了起來。他骨子裡是堅強的男人。

「對了，我家那個不成材的兒子，好像騎機車的時候撞到了富士見之間客人的小孩。現在不是搞這個的時候，我得去道歉才行。」

雖然花澤想改變話題，但仍然是件恐怖的事情這點並沒有改變。

「什麼?富士見之間的客人!難、難道說是……。」

黑田才說完，就翻白眼倒在櫃檯人員的身上。

黑田雖然是個發生任何事都不知恐懼為何物，值得信賴的人，但碰到超自然現象卻是完全沒輒。看電視上的恐怖片昏倒的狀況並不少見，就連晚上去廁所也一定要把小弟叫起來。沒有人知道他那漂白布製的錢兜帶裡，總是放著十幾個各地的護身符。

「頭兒！振作啊，頭兒！」

不理會櫃檯人員的呼喚聲，花澤經理走出帳房。然後在走廊轉角的暗處和服部師傅碰個正著。

「嗚哇！」

「噫！」

因為嚇到的緣故，彼此都表現出無法解釋的驚嚇方式。

「噫?!唷，服部嗎。你要去哪裡？咦？那個十字架是幹嘛用的？」

服部師傅手忙腳亂地將向阿妮塔借來的十字架藏進白衣領子裡。

「這只是單普通的項鍊。我要去三樓一下，花澤先生呢？」

「我也正要去富士見之間……。」

對於富士見這三個字所帶來的黯淡語感，兩人稍微對看了一下。

傭人房間傳出尖叫聲，飯店內的照明也幾乎要熄滅。

「要不要一起去呢？花澤先生。」

「也好……就一起吧。」

兩人一黑一白的穿著不吉利的制服，並肩爬上樓梯。

飯店內之所以恢復安靜，應該是因為山和天空的怒吼聲完全包圍了飯店的緣故吧。屬於這世上的聲音全數被消去，服部和花澤感覺就像走在無人的建築物裡。

一上到三樓，服部師傅就凝視著左手邊的走廊。

「我記得這邊應該沒有房客吧？」

「對。大曾根先生一行人是在二樓，木戶老師跟他的秘書也是。三樓三零三號的『楓』是矢野先生，三零二號的『杉』是若林夫婦。而三零一號的『富士見』——就是那個帶著孩子的小田島一家。」

花澤經理反射性地回答。走廊左手邊有電梯廳，更過去的走道兩邊各有九扇門相連。

「我想去確認一件事。」

服部師傅說道，指著空無一人的走廊。

「——這樣啊。我不知道你要做什麼，也一點都不想知道，不過還是小心為上。你有護身符嗎？」

「有的。」服部從領子下取出銀十字架。一面唸著不知所以然的咒語，服部有些不安地往走廊走去。

花澤經理先是敲了「楓之間」的房門。陰沉的聲音傳了出來，謎樣的旅人——矢野政男出了房門。

「不好意思在您休息的時候前來打擾。」

「不，我才是謝謝你們的關照。」

「嗯，現在風勢愈變愈強了，雖然飯店方面已做了萬全的準備，但晚上萬一停電的話，請使用這邊的手電筒。」

「好低，你辛苦了。」

矢野政男一面將那令人驚艷的刺青用衣領遮住，一面確認門旁邊的手電筒。

隔壁的「杉之間」則是掛著門鏈，若林夫人僅露出臉來。告知同樣的事項後，從房間裡面傳出不悅的聲音：

「搞什麼東西嘛。跟黑道住一起，颱風又來了，甚至隔壁還住著想尋死的一家人？喂，志保，妳也反應個一兩句吧。」

若林夫人放下門鏈探出頭，輕聲細語的。她連抱怨時也很有氣質。

「隔壁那家人的情形，你們應該已經察覺到了吧？」

「是，我也有請飯店的員工注意。」

「如果有傳出什麼奇怪的聲音我也會通知你們的。反正照這種風勢，今晚大概也睡不著吧。」

「真是很不好意思，還請您幫忙留意。」

房門關上後，花澤經理才猛然想起：啊啊對了，富士見之間的客人是打算尋短的啊。

明明才上任兩天，花澤卻感到有如工作了一年的疲倦。這間飯店發生太多事，多到甚至會讓人忘記有自殺計畫的一家人住在這。

（畢竟現在這間飯店的情形是雪上加霜，什麼都有可能。）

黑田那貼切的話，突然在花澤腦裡響起。

花澤敲了三零一號「富士見之間」的門，沒有反應。

心臟刻畫著時間，汗珠慢慢浮現在他額頭。

當想喊出來的聲音正要自喉嚨發出時門終於開了，是個小女孩露出了臉來。花澤經理鬆了一口氣。

「媽媽！是飯店的叔叔喔。」

從裡面現身的母親的眼神依舊顯得空洞。

「請問有什麼事嗎？……」

不知道自己的企圖有沒有被發現——這樣的掛念表露在母親的面容上。

「是這樣的，我們這邊一位工讀生騎機車時，差點就碰撞到您的孩子——不知有沒有受傷呢？」

母親嚇了一跳。

「那件事，是什麼時候的？」

「就在不久前，剛開始下雨的時候。」

「我們家孩子從早上開始就一直跟我們在一起……也許是和哪位弄錯了吧？」

花澤的喉頭抽了一陣。也許是認錯人了，不——一定是認錯人了。

就在此時，緊抱著母親的小男孩指著門外，大喊了出來：

「啊，是阿大！媽媽，妳看，是剛剛在那邊房間跟我們一起玩的小孩子喔。」

「真是的，你這孩子——這孩子很有趣吧，有時候還會編故事呢。他剛剛在配間鎖上門好長一段時間都沒出來，問他怎麼了，結果說是在和叫做阿大的男孩子玩。好像還有個叫小綠的姐姐，真是奇怪呢。」

母親說著並露出落寞的笑容，但是花澤經理怎麼也沒辦法笑著回答。

「我才沒有編故事呢，媽媽。人家也有跟小綠說過話。」

小女孩靠在柱子邊，邊在腰上打著拍子，邊像是唱歌般說道。

「就是說嘛，才不是騙人的，叔叔。我一直都在跟他們玩呢——啊，你看。是阿大！」

順著小男孩所指的方向，花澤經理害怕地回過身面向走廊。

樓梯前，個子小小的男孩子和女孩子牽著手站在那裡。朝著這邊笑的身影被淡紫色的霧氣包圍，有如幻燈片般朦朧。

年紀較大的女孩子穿著有許多蕾絲的洋裝，男孩子則穿著深藍色制服，打上紅色領結。

他們朝這邊招了一下手，接著發出可愛的笑聲響徹走廊，就掉頭跑走。

母親急忙抓住想要追上去的孩子們。

「不可以過去！」

「為什麼？他在叫我們過去耶。」

「不可以。那兩個小孩太奇怪了，不是一般的小孩子。」

母親用雙手抱著孩子們，以顫抖的聲音說著。花澤經理跨過區隔房間的橫木後，手放在身後關上房門。

「怎麼了？發生什麼事了？」

作業服外又穿上棉袍的父親從房裡出現。花澤經理用燕尾服的袖子擦掉額頭上的汗，一面看著天花板一面平靜呼吸，下定決心一定要把這句話說出來後，開口說道：

「你們不能因為自己的痛苦而施累了孩子們。畢竟這些孩子的人生，是和父母完全不一樣的。」

對於成為鬼魂徘徊在此的孩子們來說，這裡簡直就是永遠的監獄。一想到這，花澤經理不禁從母親手上接過孩子。

此時像是拼命壓抑住的啜泣聲，從空無一人的配間傳來。

服部師傅仔細檢查三樓的空房間思考著：

（嗯——，沒有靈騷的聲音，也感覺不到靈氣。果然那些傢伙是編理由想偷懶的吧。）

服部調查完三樓東邊的十八間客房後回到走廊，突然疲勞的感覺全湧了上來。有種不知是放心還是期待落空的複雜心情。畢竟他至今為止不知找了幾百次的鬼魂，卻總是沒有達成目的。這種徒勞無功的感覺，也算是一種趣味感。

在日光燈閃爍似乎就要熄滅的走廊，個子矮小的男孩子和女孩子跑了過來。兩人都穿著外出服，大概是比父母還早一步跑上樓梯吧。

居然會有客人反常到在這樣的暴風雨中投宿，服部師傅簡直不可置信。

「不可以在走廊奔跑喔，這樣會給別的客人添麻煩的。」

服部師傅蹲在走廊中央張開雙手。孩子們沒有要停下來的意思。

「過—來吧。喝！我抓到囉。」

服部師傅的雙臂撲了個空。他抱住了自己的胸脯，一個重心不穩倒下去，頭還撞到了地板。服部師傅維持這個姿勢想了一下。

他回過頭看，只見孩子們邊笑邊愈跑愈遠，最後無聲地穿過走廊盡頭的逃生口後消失。

「看到了。……我終於，看到了啊……。」

比起恐懼，感動的心情居然最先浮現在服部心裡。沒錯，若是要比喻的話，那就像生平第一次吃到蝸牛時的感動。

服部師傅跑向逃生口，走到被暴風雨激烈吹打的鐵樓梯上。雙腳打開站穩環顧四周，服部師傅看到兩個青白色的火球從腳下的樓梯口朝後山飛去。

夏草茂盛的山腰，有一小片面積的松樹被砍伐掉只剩下樹根。那裡有著還很新的石碑跟塔型木牌，有如俯視著飯店般佇立著。

14

「看清楚了。上面寫著 KAWASAKI 吧。
一九六六年產的 KAWASAKI W1。
是搭載了ＯＨＶ雙縱置引擎，
傳說中的名車啊。」

——暴走族張大眼睛看著從布底下出現的機車。

「你好！我從今天開始在這裡打工，在此先打個招呼！……喂，你這個人啊──，穿那個什麼樣子嘛，打扮一下啊打扮！……那麼，請多關照！」

繁側身面對鏡子做打招呼的練習。

這時候就是要這樣穿──繁穿著紫色的燈籠褲加上長身的特攻服，領子上還有菊花紋的刺繡。胸前寫著「喧嘩上等」[35]、「暴走愚連隊」[36]，背上則是「天上天下唯我獨尊」。膠底鞋再繫上琺瑯皮帶，將頭髮修到髮際，捲起毛巾綁在額頭上。

在腹部纏得老高的漂白布上垂著仿冒的金屬鍊，繁扛著黑檀木製的木刀，走出玄關。

「小繁！你要去哪裡？又穿成那付德性！」

「去打招呼啦，我去飯店那邊露個臉。」

「你這孩子在想什麼啊？」

「因為第一印象很重要的嘛──，老爹不也這樣說的──？」

「不可以這樣。人家是在這種山裡面的純樸飯店，你這樣子會嚇到人的。」

「這跟老媽又沒──關係──啦，而且就是要讓他們嚇一跳啊。嘿嘿，這樣的天氣也正好哪──，陰沉沉的。」

繁跨上停在屋簷下的機車，發出打雷般的轟隆聲騎進雨中。

---

35 意為：要打架要找碴的儘管過來，全部都照單全收。

36 愚連隊，指由在鬧區遊手好閒的年輕男女組成的團體。

也許是因為剛才摔倒的緣故，引擎的狀況不是很好。繁一面猛力催著油門，一面用他拿手的蛇行奔馳。有著奇妙旋律的喇叭聲在山谷間迴響，相當有氣勢。

對繁來說正和他意的是，不少員工因為趕著做防颱準備正在玄關周邊工作。而且還有許多穿著浴衣的房客聚集在一起，隔著大廳的玻璃抬頭看著漆黑的天空。

「喂、喂！看什麼看啊！」

繁受到眾人的目光注視得意洋洋，揮舞著木刀繞行庭院的假山，然後衝上了乘車處。

他停下恐龍般的改裝機車，肩膀扛著木刀，像個小混混般大力踩著步伐跳上玄關。

「你們好啊！老子是西荒川狂走連合的第七代領頭，花澤繁。你們領頭是誰啊？領頭啊。」

繁戴著全黑的四十五度太陽眼鏡，這對他來說是個不幸。因為那一排排觀眾的臉，在黑暗中只能看出輪廓。

「那個是什麼？……做宣傳的嗎？」

「那邊不是在蓋水庫嗎，那個工作服是警告危險的顏色啊！」

繁面對認為自己行為愚蠢、撇開視線繼續工作的小二們再次高聲說道：

「你們這些傢伙—，少耍人了！老子是第七代西荒川狂走連合的領頭……。」

「西荒川聯合？廟會擺攤的嗎？做到第七代那還真是久啊，可是我沒聽過。」

「才—不是咧—。你們領頭是誰啦？領頭的。」

「領頭？這個，我們有頭兒，但是沒有叫做領頭的。」

「頭兒也跟領頭差不多啦。叫他出來。」

所有人都盡量看向別處。當然不是因為害怕，而是感覺繁是個麻煩的傢伙，不想跟他扯上任何關係。

大家一段時間不理會繁之後，櫃檯人員才一臉沒輒地朝帳房喊道：

「頭兒，有客人。是水庫工程的人。」

「水庫工程？那是啥？難不成開了賭場嗎？」

從裡頭現身的黑田，走到繁面前後張開大嘴呵呵笑了起來。

「啊啊，就是你吧？經理的那個呆兒子啊。不過怎麼說，那個樸素的父親居然生出這個誇張的小鬼。」

「你叫我小鬼？你是認真的喔，媽的──。」

繁穿著白色膠底鞋的一隻腳踏上入口處的門框，上下睨視從太陽眼鏡看出去有些不尋常的身影。

「那正好──啊，要跟老子打一架是不是啊？」

「我知道了，我知道了。」黑田盡量用溫和的聲音跟繁說道：

「你啊，那副太陽眼睛烏漆抹黑的又被淋濕，應該看不清楚吧？拿下來吧。」

繁拼命將沒有眉毛的眼睛往上吊，慢慢拿下太陽眼鏡。

「你們這──些傢伙，每個都給我記好──，老子是西荒川……。」

才剛開口，繁的下巴就掉了下來。他將腳從入口處的門框放下，看了一下四周的觀眾每個人的臉，並往後退兩三步。

「唷，年輕人，還真是很有精神嘛。反正我剛好覺得無聊，繼續吧。」

大曾根坐在沙發扶手上，露出齜齒笑著。看著浴衣底下露出的胸口上華麗的刺青，繁退縮了。

「呃—，請問……我爸，在嗎？」

「你父親現在工作正忙，等一下喔。」

大曾根的一個幹部說了之後，大廳突然熱鬧起來。

繁突著下唇看向地板一眼，緊接著特攻服下擺一翻就往乘車處跑過去。

繁試著發動機車但並不順利，於是他換踏啟動桿。

「怎麼了？連機車都小看你啊？——不過，這輛車還真慘，這種德性哪裡拉風了？」

在橫向吹打的風中黑田瞇起眼睛，穿上木屐踩得喀喀作響走出來。

「你、你好。剛才摔了一跤，所以狀況不太好。」

「閃一邊去。」黑田把繁推到一旁握住龍頭。

「汽油是滿的啊。」

「是，昨天才剛加油的。」

「那麼……火星塞嗎？嗯嗯。」

黑田看了看周圍，從正要固定隔板的小二手上拿了一根釘子。

黑田自火星塞上將點火裝置拆下，取而代之的是插上釘子貼在汽缸上。一踩下去，火花就飛散了出來。

「火星塞也好好的啊，那麼接下來……。」

雨打進了屋簷下。黑田眨眨眼，比向游泳池旁的石板瓦蓋屋頂：

「牽到車庫去吧，那邊有工具可以用。裡面停了一台賓士，可別傷到了啊。」

繁推著那台怪物機車跑向車庫。

拉起鐵門，出現一台有著陸軍制服的土黃色的小型巴士，車身上寫著「紫陽花飯店」。

「唔！宣傳車！」

黑田撐著傘從後頭走過來，說：

「才不是，這是接駁車。對我們的團體客人來說啊，這樣塗裝再加上播放軍歌是無上的服務啊。如何？你不覺得這是很棒的企劃嗎？」

「……」

「停在站前圓環，然後播放『拔刀隊』或是『步兵的本領』等等，車尾掛上國旗和家徽，『欸—，關東櫻會大曾根家族的客人，請快點上車。來來，請坐上車』這樣去迎接客人，反應很好呢。」

「……啊，是這樣啊……。」

「總之，你也先從這類工作開始吧，賭徒的學習都是先在一旁看。過幾個月會有新人進來，到那時就讓你升等幹管鞋子的。」

黑田說著打開電燈，從整齊的架子上將工具箱拿下來。

接駁車的旁邊停了一輛純白賓士。

「哇啊，600 SEL！好棒喔—，頭兒。」

「不要一副很熟的那樣叫我——雖然有點熱，不過我關起來囉。機械最怕濕氣了。」

黑田放下鐵門、脫下飯店的日式外套，相當開心地吹著口哨擦拭起繁的機車。風在遠方呼呼地吹，雨滴敲打石板瓦蓋的屋頂。

「大家大概以為我正在教訓你吧。」

細心地用破布擦乾水滴，說笑著的黑田的臉，跟剛才判若兩人且顯得年輕許多。繁不禁也露出笑容。

「玩機車有意思的地方啊，就是把壞掉的部分修好後再跑一次。」

黑田意有所指的看著繁的打扮。

「你喜歡機車嗎？」

「這個嘛，從三十年前開始的吧！」

「喔—，三十年前就有暴走族了嗎？」

「喔，那時候被叫作雷鳴族[37]，不過我才不會那樣吵。我們穿著皮革外套，只會猛催油門，一點男性魅力都沒有。當然也不會載女人或蛇行，而是一直線的喔，像超人那樣俯身撐住，在第一國道上直直衝。」

黑田一面說道，「嗯？」地從引擎抬起看不到脖子的臉。

「已經知道問題在哪了嗎？」

「看來你這傢伙沒有騎機車的資格。居然一滴油都沒有，這樣搞不好引擎會報廢啊。」

「唉？可是我才剛加油而已。」

「你啊！」黑田不耐煩地說道：

「二行程引擎是要汽油和機油一起燃燒的，知不知道啊？」

「呃？那是什麼？」

「你這騎士真叫人受不了。簡單來說，二行程引擎是壓縮跟吸入、吸氣和排氣同時進行——算了，這樣講你大概也不懂。換個方式說，就是跑的時候也要吃機油，所以也要像汽油那樣注意才行。汽油沒了頂多跑不動，機油沒了可是會摔車的。」

黑田那股知道關於機車全部知識的自信，洋溢在那張光看就覺得恐怖的臉上。繁突然對這仁王臉的前雷鳴族掌櫃感到尊敬。

37 雷鳴族相當於現在的暴走族，名稱是來自於引擎會發出很大的聲響而來，一般都是指騎乘機車的。

「那—還是四行程的好囉？」

「不，也不完全是這樣。確實四行程是比較好，也比較好騎。但是二行程的瞬間爆發力和引擎的高速運轉，真是讓人擋不住啊。並不是什麼都是新的就好。」

黑田一面說道，走過接駁車旁往車庫身處去。

「喂，破銅爛鐵唷，給你看樣好東西，來這邊。」

在木頭建材和紙箱堆積如山的黑暗之中，有一台蓋著布的機車沉睡著。黑田墊起腳打開電燈泡。

像是將衣服脫下一般，黑田十分輕柔的拉開布，繁不禁「哇啊」地叫了出來。

「這傢伙就是我的愛車，很讚吧？」

那是繁從沒見過、非常漂亮的一台機車。

重心低又穩定，精確的弧度、水平直伸的排氣管、巨大的銀色擋泥板、看來沉重如盤岩的汽缸、不可思議的三角形的曲軸箱。而且一點塵埃都沒有，被打亮的像鏡子般的車身上，只有車殼和油箱是如火燒般的紅色。

「好棒！這個，是進口車嗎？」

「看清楚了，上面寫著 KAWASAKI 吧。一九六六年產的 KAWASAKI W1。是搭載了ＯＨＶ雙縱置引擎，傳說中的名車啊。」

「嗚噢！一九六六年！是我出生前好幾年的車啊。」

「沒錯，這傢伙是每個雷鳴族的夢想。就算是那個凱旋也根本不用放在眼裡，是夢幻的雙縱置引擎。」

「讓我騎一下嘛，我在外面兜一圈就好了。」

黑田將正要把手伸出去的繁從肩膀一把抓回來，接著一記強勁的右勾拳就往繁的臉上毆打下去。繁整個人飛向牆壁。

「好痛！幹嘛突然這樣？」

黑田的嘴依舊掛著笑容。

「不准碰，你這傢伙是沒辦法騎的。英式的換檔，何況又是這樣的大鐵塊加上六二四CC的暴徒。可不是能讓人隨便動的。」

「才不會咧。雖然我對機械一竅不通，但是我對騎車的技術很有自信。」

「不管你對自己的技術多有自信都不行。所謂機車，可不是那種東西。這傢伙可不是會相信你說的話的傻瓜。」

黑田大步靠近繁，然後一把抓起特攻服的胸前衣襟。用恐怖的眼神瞪著繁的眼睛，下一秒就是用厚實的手掌來回甩在繁臉上。

「喂！破銅爛鐵！你剛才的氣勢到哪裡去了啊！」

「你……你幹嘛啦？結果還不是教訓人了啊。太卑鄙了，死老頭！」

繁流著鼻血在地板上四處逃竄。

「這不是教訓，是打招呼。唷唷，怎麼了啊？『喧嘩上等』四個字可是會哭的啊！」

黑田一腳對準繁的腹部順勢往上踢起，繁的身軀像隻貓縮成一團，最後哭了出來。

黑田將繁從領子抓起來，再把他的臉扭向在燈光下神聖地閃耀的愛車。

「看了對方臉色又還來找碴的男人是騎不了機車的。如何?給你一點教訓，這樣有沒有看清楚了啊？」

「我知道了，我知道了，拜託你饒了我吧！」

「你他媽的給我聽好：人絕不可以退縮。不跑就只有跌倒。要是下雨就往雨裡去，要是颳風就往風裡去，一直奔跑不能停下來。我年輕的時候，就是拿命去換也想把這傢伙弄到手。所謂的機車，就是這樣的東西。」

疼痛和恐懼讓繁的腦袋一片空白，黑田說的話就像咒語刻在他的心裡。或許因為這樣，眼前這台有著銀色和紅色的美麗車子顯得似乎更加閃耀。繁倒臥在黑田腳邊，癡呆似的抬頭凝視機車。

「你就試著在這裡改變自己的人生吧，破銅爛鐵。」

繁點點頭。

「很好，看來引擎還可以用嘛。接下來，我可會好好的把你拆解再大整修。你要是能撐得下去，我就把這台機車送你——。」

太陽遲遲不落的山谷天空下山正搖晃著。

「哪，志保。老實說我也不想和他們扯上關係，但如果這樣放著不管，要是他們今晚就自殺的話，我可是會抱憾終身啊。」

若林先生靠著籐椅，望著暴風雨的夜晚唸道。

「不要再插手了，你已經不像以前那樣，偉大到能改變他人的人生。」

若林先生回過頭去狐疑地看著妻子，不知為何她的語氣隨著時間的流逝愈變愈激烈。

「這，確實是這樣……。」

「老公你不都是把他人的人生當玩具對待嗎？」

若林夫人將手提包拿到膝蓋上，心想趁這個機會，用這句話一鼓作氣進入正題。

「是啊。其實我也一直在想，那些我輕率地下裁決的公文，會不會也把別人逼到像那家人的境地？——不行，我還是想去問他們理由，說不定能幫上忙。」

若林先生揮手不理會妻子的阻止，走出房間。明明是個大好機會——若林夫人抱住手提包吐了一口氣。

（好像，有種提不起勁的感覺呢。）

若林夫人站在浴室前。如果用這個狀態等丈夫回來的話，總覺得步調不會很順。這是一生一次的機會啊！萬一因為輸了氣勢變成笑話的話，大概就沒有第二次機會了。

若林夫人在走廊上走著，一面努力回想和丈夫的那些討厭回憶。再來，一定要激起自己的憤怒。

若林夫人下了樓梯，聽見男性怒吼的聲音。回過神往下看向樓梯的轉角處，是那個給人感覺鬱悶的男性房客——沒錯，就是〈道義的黃昏〉的作者——他正對同行的女子不停地拳腳相向。居然如此旁若無人，這男人到底是怎麼回事？若林夫人目瞪口呆。

「來，走了，阿清。去向妳老公道歉。說你不在家的時候我有了其他的男人，連孩子也是這個人在照顧的。」

女的雖然被毆打，仍然蹲在男人腳邊。

「求求你，老師，就這件事請你饒了我吧！」

「要不要饒了妳也不是由我決定的。好了快去吧，我會跟著的。」

「那、那樣太過分了。至少讓我一個人去吧！」

「笨—蛋，要是讓妳自己去的話我怎麼知道發生了什麼事？要是來個什麼舊情復燃，像是『阿清，怎樣，這裡嗎？』、『阿政就是那邊。啊—好棒，真是棒啊！』之類的，妳怎麼說？」

「為什麼突然變成關西方言？那不就簡直像幸枝和阿昭一樣？啊，我知道了。老師你會這麼說是為了寫小說對吧！老師想看我是用怎樣的表情去道歉，然後看那個人會生氣或是原諒我吧？好過份，這樣太過分了。不是說好要是快樂大結局的嗎？」

若林夫人雖然搞不懂來龍去脈，但這男人真是叫人瞧不起。她想起許多在〈道義的黃昏〉裡露骨的性描述的句子，感到一陣噁心。

「那個，不好意思打擾兩位。」

快步下了樓梯，若林夫人插進兩人之間。

「這樣不是太過分了嗎？儘管我不清楚事情的經過，但先生你毆打這位女士的行為讓人無法原諒。一個文化人聽到了可是會不敢置信。」

「哈、哈。」男人用一點都不文化的方式笑了起來。

「唉呀！這真是嚴厲的干涉啊。您若是知道我是誰，還真希望您也能知道我的苦衷哪。所謂的小說家，其工作就是像造物主……」

「藉口就免了，太難看了。」

若林夫人打斷小說家的話，說道：

「你在說謊，你不過是以欺負弱小為樂。這些全都寫在你臉上了。言行端正的人，會直視對方的眼睛。」

小說家不隨著若林夫人起舞，只是看著她的臉。

「很不湊巧，畢竟我不是像妳先生那樣有了不起情操的人。我既沒有父母也沒有家人，連大學也沒畢業。建議妳，不要用自己的先生當基準，一副很了不起地去評斷世上的男人。」

「怎麼會有人像你這樣乖僻！」

怒吼這麼一句話後，若林夫人就說不出話來了。小說家的話刺進了她心裡。

另一方面，小說家也因為受到若林夫人責罵的打擊，無言以對地佇立著。

「我們走吧！真可憐，鼻血都流出來了。必須處理一下。」

若林夫人有如搶過去般抱住女人的肩膀走下樓梯。女人的身形和年紀跟已出嫁的獨生女差不多。那孩子該不會也受到這樣的暴力對待吧？——若林夫人想像著不可能發生的事，胸口感到一陣痛楚。

兩人走下一樓後，不知是什麼東西被風颳跑，只見男人們拿著塑膠布和繩子從玄關跑出去。

「阿繁！去倉庫拿馬梯來！快點！」

「是低！」

一個沒見過的年輕小二和頭綁毛巾的男子，勇猛地消失在另一頭的黑暗之中。

男人們的聲音遠去後，風的聲音反而沉靜了下來。櫃檯和大廳以及吧台都沒有半個人影。

「那個，不好意思。」

若林夫人抱緊嗚咽啜泣的女人，面向櫃台裡面喊道。

「請問有沒有人在呢？」

沒有人回應。

「有人受傷了，請問有沒有急救箱？」

帳房裡傳來拉開椅子的聲音，接著門打開了。出現的是穿著淺黃色朦朧羅紗和服，繫著白底繡球花圖案的腰帶的女人。

「啊啊，老闆娘。如果有脫脂棉和冰塊的話，可不可以借我一些？她剛剛在那邊跌倒了。」

「請稍等一下。」

穿著和服的女人用幾乎聽不見的聲音說道，並很快地拿出急救箱和冰敷袋，用會讓人打冷顫的深遂眼神看著傷患。就像今天一早從霧裡看瀑布潭的水淵的顏色，若林夫人心想。

處理傷口時碰到的那雙白皙的手，彷彿冰一般寒冷。

突然，老闆娘像尊傀儡般的將長脖子轉向樓梯。視線的方向正好是小說家呆站在那。

「沒關係的，不用害怕，等一下我會好好跟他說。在結束之前先到我的房間休息吧。」

若林夫人說道，抱緊了啜泣著的女人的肩膀。

小說家站在樓梯下面對若林夫人這邊好段時間。突然，像小孩子撒嬌般啪噠啪噠地拚命踩著地板大聲喊叫：

「為什麼?為什麼大家都要欺負我!為什麼要用那種眼神看我!我明明沒做什麼壞事!我、我最討厭大家了!」

小說家如此大喊後跑上了樓梯，若林夫人再次愣住了。

「唉，這該怎麼說。簡直就像小孩子在鬧脾氣，妳也真是辛苦了。」

抱著傷患，若林夫人這才發現剛剛還在眼前的老闆娘如一縷煙消失無蹤。

「那個……真的是謝謝了。」

即使向帳房喊道，也感覺不到有人在。

不知從何處吹進來潮溼的冷空氣，有如死者的手緊抓住人一般，穿透若林夫人的浴衣，從腳邊往膝蓋，然後從大腿朝著腰爬了上來——。

15

「欸，老爺啊，
我不會說要您趕快去投胎那種表面的話，
您就一直留在這吧。」

——梶料理長說道，然後請大家享受豪華的日式料理。

「服部，你真的辦得到這種事？還是請專家來比較好吧？」

兩人再度並肩走上樓梯，花澤經理很認真地詢問。

「噓，被其他客人知道的話事情會鬧大的。盡量只給內部人知道，也不要採取太引人注目的行動。」

服部身穿白色的修行者服裝並掛著念珠，還誇張地穿著護手和綁腿。白色襪子配上白色頭巾，額頭上還整齊地掛著一排符紙。

「說不要太引人注目，你……話說回來，為什麼會有這些道具？真是與眾不同的興趣哪。」

「這不是單純的興趣，我是和異世界連接的橋樑。」

服部師傅配合裝扮用平板的音調說道。所有的衣服跟配件都是他透過超自然雜誌郵購的，但說出來的話就顯得沒什麼了不起，所以就不提了。

像這種可疑的郵購，不論買什麼，打開箱子後出現的都是讓人失望的廉價物品。但商品本來就很可疑，所以沒辦法向人抱怨這點真的令人感到很難過。

兩人用像是走在雲中的步調爬上樓梯。每走一步，膝蓋就發出喀噠喀噠的笑聲。

服部師傅口唸般若心經，手舉銀十字架朝著前進的方向。

「欸！你啊，這樣不是沒有一致性嗎？真的沒問題嗎？」

「放心吧！請保持安靜。在靈界沒有所謂的國籍。」

兩人剛踏上二樓轉角處，背著工具箱的繁正好慌忙地跑下來。

「喔，這不是繁嗎。怎麼了？才一下沒看到你，感覺似乎可靠多了。」

父親一瞬間懷疑自己所看到的。繁穿著牛仔褲和飯店的日式外套，眼睛也不再往上吊。而且不知是不是錯覺，短短幾個小時內連眉毛都長齊了。

「我才不是變可靠了咧——，而是變成黑道了啦。說要是我能撐過一年就收我當小弟。」

「什麼？黑道！那可不行，不行啊，繁。」

「是—喔，那—你是覺得我原本的樣子比較好囉？」

「不——還是就這樣好了。努力點早些讓人收你當小弟吧！」

「唉？」繁注意到了服部師傅。一瞬間，上吊眼又復活了。

「你這傢伙，是混哪裡的啊？老子是西荒川狂走連……。」

「喂！繁。這個人並不是那樣的。他是要去驅除邪靈的，看清楚點。」

「呃，你這樣說的話，確實不是特攻服哪—。沒有刺繡，也沒那種感覺哪。是—喔，驅除邪靈……噫！邪靈，好恐怖！」

花澤經理馬上堵住兒子的嘴。

「聽好，繁。飯店首重信譽，絕對不能跟別人說有鬼魂出現，知道了嗎？」

將一萬圓塞到一面點頭一面被往前推的繁手中，花澤經理和郵購法師繼續往上走。

愈走愈感到恐懼。

幾乎令人覺得每走一步就更加接近靈界。一上到三樓，雙腳已快不聽使喚。

「我感到強烈的靈氣，小心不要被附身了。」

「咦，會被附身嗎？」

「當然了。沒有成佛的靈隨時都在尋找靈媒，也就是能傳達自己意思的活人。」

花澤經理因為過於害怕而感到胸口悶痛。搖搖晃晃地靠著洗臉台，下顎放在磁磚上開始嘔吐。

「哇哇！是靈媒體質！」

「……不……只是……嘔吐而已……。」

兩人扶著對方走在走廊上。

三零一號特別客房「富士間之間」。一站到房門前，混濁的靈氣就撲上來包圍住兩人。

「抱歉打擾了。不好意思，我們接下來要進行除靈，客人們請繼續做自己的事就好了。」

花澤輕輕地打開門，一家人只是不發一語用空虛的眼神看過來。

「經理——地縛靈已經附在這家人身上了。」

「是嗎？所以他們才會尋死吧？」

「就是這樣。自殺的地縛靈因為沒有自己已經死了的自覺，所以才會如此一次又一次的附身到別人身上，不斷重複自殺的行為。應該常常聽到吧？自殺的勝地啦，或是不時發生事故的平交道。這點，是通靈學的常識。」

「還真是有說服力，不，也許真的就是那樣。我聽過有個例子，是房客相繼自殺，結果那間房間就變成封印之房了。」

一家人退到房間的角落依偎著彼此。

服部廚師在壁龕堆了一座鹽山，放好水後用低沉的聲音詠唱起般若心經。

「感覺好像對人家不太好意思耶，爸爸。還讓人家來誦經……。」

「是啊，我們搞不好真的有被『跟到』。」

一家人下意識面向壁龕雙手合十。

「遠離一切顛倒夢想　究竟涅槃三世諸佛……揭帝　揭帝　波羅揭帝　波羅僧揭帝　菩提娑婆訶。」

哈啊，所有參加者都一齊低下頭。服部師傅抬起貼了一排符紙的頭，來回看了一下四周並豎起耳朵聽，接著疑惑地將脖子歪到一邊。

「……我要，換菜單了。」

服部緩緩握住十字架，低沉的聲音換成清澈的男中音。

「我的神，我的主啊。我仰賴您，我若向您請求，您將我自被追逐的靈魂裡救出，幫助我……主啊，您的名聲傳遍大地，是何等尊貴。請將這迷失的靈魂引領至天堂，阿門。」

一下子改變手勢，一同唱著「阿門」，花澤經理用手肘頂了頂服部：

「喂……和洋折衷啊？」

「請保持肅靜，目前還不清楚靈魂的意思。接下來，只要詠唱神道教的祈禱文就大功告成了。應該不用搬出伊斯蘭教吧？」

服部師傅說道並啪啪地拍起手掌，此時事情發生了。

房間的燈光似乎瞬間熄滅了一下，每個人都看向天花板。突然，一種像是由手指的關節發出，令人不舒服的聲音從牆壁裡不斷傳來。

「噓，是靈騷。鬼魂已經來了。」

因為過於恐懼，每個人都發不出聲音抱著彼此。

配間紅色的牆壁發出怪異的紅光照射到內廊。

「哇！出現了！」

花澤經理的腿軟了。大大小小四個人影就從眼前的拉門站起身來。像是從異世界傳來的臨死前的聲音響起。

「爸爸，我好痛苦，好痛苦！」

「老公，拜託你快點讓他解脫。」

「好，爸爸稍後就跟著去了。大介，對不起了，大介！」

大大的影子勒住小小的影子的脖子，另一個小小的影子和母親的影子則是像是要抓住天空般痛苦地掙扎著。

「不要，人家不要死，爸爸是笨蛋，把阿大殺了。救救我，媽媽！」

「綠，不可以說任性的話。爸爸，綠也拜託你了。」

「人家不要，不要！嗚嗚，好難過喔，好痛苦喔。」

這一定是過去在這房間裡自殺，前任老闆一家人死前的場面。服部師傅轉向邊看著異世界的幻影邊抱在一起發抖的一家人，大聲喝道：

「不可以把視線移開！看清楚，好好看著。自殺的人會變成地縛靈，必須永遠反覆著修羅地獄！」

不久後，父親的影子殺了兩個孩子和妻子，接著自己在樑柱上掛上布條。

「就是這根樑柱……。」

服部指著頭上。

做好上吊的環之後，父親的影子坐在家人的屍體前，一動也不動。

「服部……接下來該怎麼辦啊？」

「……那個，說實話，我也不知道接下來該怎麼辦才好。因為實在是太順利了……感覺就好像中了彩卷一樣。」

「怎麼這樣不負責任。欸，不是電視常常有演嗎？『喝啊』的，敲打背部就把鬼魂超渡了。」

「那種事我不可能辦得到，畢竟我也是今天才第一次看見鬼魂。不是我自誇，我一點靈感應力都沒有。連考試猜題也從來沒中過，其實我之所以會當廚師是因為這個原因。」

「我才沒有問你當廚師的原因。哇啊，怎麼辦？這樣子沒辦法收拾啊。所以我不是問你好幾次真的沒問題嗎？」

「慘了，鬼魂生氣了……他注意到我們了……。」

影子抬起了頭。下個瞬間，矮桌上的菸灰缸從花澤經理的臉頰旁邊飛過去，粉碎散落在壁龕裡。剎那間，每個人的身體都被強勁的力量束縛住，既站不起來也動不了。

咚、咚地，有人敲門。

「我來送晚餐了——。」

「料理長，不要過來，回去！」

心中一邊想真是倒楣的傢伙，但又以一種急不暇擇的心情看向門口，現身的是梶料理長。

花澤經理竭盡全力發出聲音。房間的照明依舊不安定地閃爍，靈騷的聲音反應鬼魂的憤怒，四處發出聲響。

梶料理長將盤子放在和室的一角，用一如往常的口氣說道：

「我就想大概會發生這樣的事情吧！」

稍微看了一眼拉門上的影子，梶料理長沉默地擦拭桌子，接著開始擺料理。

「那個，料理長，那個啊。」

梶料理長將服部師傅顫抖的手指推回去，說道：

「我很感謝你這麼為飯店盡心盡力，但是，你不覺得除靈這種事，其實是會讓人覺得感傷的嗎？」

梶料理長回過頭面向拉門，「欸，老爺啊」的喚道：

「紫陽花飯店到老爺已是傳承四代的老字號了。我啊，因為學童遷移[38]到了這個鎮上，但是三月十號的那場空襲讓我失去了回去的家和親人。當時，我在寺院借吃借住就快要出家時，上上代的老爺因為可憐我將我接了過來。在新幹線和高速公路蓋好前這裡曾經相當熱鬧，初夏的紫陽花和香魚料理也曾經是這裡的名產。那邊的溪上架起露臺，可以一面賞花一面吃香魚，每年來訪的客人也很多。甚至被稱為東京的裡和室或是東貴船[39]。欸，老爺，那真是美好的時光啊。」

影子被青白色的光渲染，開始一點一點地從拉門上浮出來。

戴著眼鏡，宛如演員那樣臉型瘦長的男人現出模糊的身影。

梶料理長在鬼魂面前放了一盞酒杯，倒入溫熱的酒：

「栽培我的上代料理長，真的是天下第一的料理長。他是個甚至讓人從關西跑來當學徒的名人。老爺的運氣真的不好。不論是新幹線還是高速公路都越過這個鎮，人們也變得不再滿足於深山裡的清淡料理。但是，儘管要去貸款也想讓這裡再度熱鬧起來，以及蓋了這間飯店的，都是老爺。我認為這麼做一點錯都沒有。如果不是被惡質高利貸看上的話，現在一定是……。」

老爺的鬼魂漸漸地成形。除了從肩膀升起的青白色瘴氣外，和活生生的人完全無異。

「那個，感謝您之前幫我們搬家……。」

忠厚老實的花澤經理邊發抖邊道謝。

---

38 指一九四四年起讓在大都市受國民教育的小學學童離開監護人，往農村或是地方都市去。

39 貴船為京都的一個地名，夏天時會在溪上搭露臺讓遊客享用料理，為當地的特色之一。

「我們會好好愛護那間房子的。內人很勤懇，此外也沒有養貓狗……。」

老爺的靈魂抬起削瘦的臉，用下顎輕輕地點了一下。梶料理長繼續說道：

「欸，老爺。這次的經理和廚師雖然有點冒冒失失的，但是如您所見，他們並不是壞人，他們都努力想要讓飯店更好。何況他們是那個木戶會長叫來的人，所以更不可能是壞人。」

鬼魂無力地垂著頭拿起酒杯，像在細細品嚐似的啜飲著酒，維持著這樣的模樣聽梶料理長說話。當木戶會長的名字出現時，突然縮起了肩膀。

「我以前也是這樣呢。不論是老爺您還是誰，原本都不相信木戶會長。畢竟他的那張臉和那個舉止，根本沒法教人去相信。警察也曾經給我們忠告，說他現在還活躍的很。也不知道那時候我們為什麼會相信那些人模人樣的惡黨。結果，在他們的花言巧語之下，把支票和登記印章以及這裡的所有權都轉給他們了。接下來，只能任人宰割。」

梶料理長將膝蓋上的手巾揉成一團，大聲哭了出來。

「總有種感同身受的感覺。」

小田島低聲說道，妻子也哭了起來。

「老爺走了以後，聽到消息趕來的木戶會長啊，真的是來勢洶洶。畢竟是那樣有氣魄的人，一個晚上就把那些賴著不走的高利貸給趕跑了。老爺，您該不會是還在懷疑木戶先生，所以才這樣子化成冤魂出現的吧？」

老爺的靈魂跟人類毫無分別，明顯地搖了搖頭。

「其實就連我，也有段時間一直在提防木戶先生。但是，有一天晚上我看到了。那晚我推著宵夜要去別房，結果看到木戶先生抱著少爺和小姐的骨罈，『對不起，請你們原諒我』，潸然淚下地哭泣。我繼續從茶室的小門縫默默看著，結果木戶會長把骨罈的蓋子打開，您認為他打算做什麼？」

像是知道答案似的，老爺的鬼魂抱著頭啜泣。梶料理長看著屏氣凝神聆聽的人們，繼續說道：

「他，把骨頭吃下去了。不過，那也不是像黑道那樣發誓要報仇什麼的。他一面咬著骨頭，然後說了這麼一句話：『跟我，一起吃冰淇淋吧』——那個時候，我心裡有個想法：這樣子的人，就叫做俠義吧。那個人是像忠次[40]那樣的人。」

花澤經理心裡的恐懼早就一掃而空。昨晚木戶仲藏在卡拉OK包廂所說的那些話，一句句在空白的內心甦醒。

梶料理長將盤子排放好之後，把手巾繞在脖子上並張開雙手，用完全不同於剛才，十分有精神的聲音說道：

「來，今天做的可是不輸給上一代的香魚料理喔。老闆娘，還有少爺跟小姐也多吃一些。食材用光了卻反而帶來意外的幸運，也就是讓我想起這個被颱風給忘記的香魚。梶平我的菜刀可還沒生銹呢。欸，老爺啊，我不會說要您趕快去投胎那種表面的話，您就一直留在這吧！」

40　國定忠次，或寫作國定忠治。為江戶時代末期的俠義之士。

服部師傅看了盤子一圈，瞪大了眼睛。那簡直是不屬於這世上，超出想像的高雅香魚高級料理。

矮竹的葉子上是加了生薑根部的鹽烤香魚，還可以聞到有柚子香的奉書燒[41]。鋪著冰塊的疊層餐盒上放著紫蘇的葉子，上面盛著切成圓片的香魚生魚片。還有野菜和內臟混合的醃漬物。花籃裡有炸魚，香魚飯和湯。玻璃製的高腳盤子裡是以葛葉固定住，並加入用糖煮過的栗子的琥珀色羊羹。桌子中央則裝飾著夢幻的大朵紫陽花。

「料理長……這是……」

服部師傅說不出話來。有想說的話卻完全無法發出聲音。看著桌上擺著專家的傑作，服部有生以來第一次對自己的手腕感到羞愧。

閃爍的電燈熄滅，但是沒有一個人被嚇到。

「似乎是停電了。各位，我們到樓下吧！那麼，老爺、夫人、少爺、小姐，今晚請好好享受。」

大家跟梶料理長坐成一排對著老爺的鬼魂雙手合十後，走出房間。

花澤經理拿著門口的手電筒照著各處，突然他轉過頭去，只見黑暗中有四個圍著飯菜的身影。

41 指用奉書紙包住食材放進烤箱烤的料理。

16

「喔，我這就如你所願了。
這是隨便找上門的懲罰，你就尋仇不成反被殺。
死吧。」

——旅人將左輪手槍的槍口抵在刺客喉頭上。

四周跟著尖叫聲一起變暗時，若林夫人正好攙扶著清子走上樓梯。

那不是普通的暗。是即使兩人面面相覷，也會讓人搞不清楚距離的黑暗。

「我必須去找跟我一起來旅行的人，妳呢？」

「請讓我也一起去找。我現在回房間的話，又會被打。」

丈夫真的去說服那家人了嗎？那個看到救世軍的慈善鍋都會偏過頭去走開的丈夫，完全變了個人似的介入別人的煩惱。若林夫人心想會不會是年齡的緣故。不過是退休後的第二天晚上，卻覺得丈夫一下子增加了二十歲。

若林夫人和清子緊緊勾住彼此的手臂，一面摸索一面爬上樓梯。

她們和慢慢靠著牆壁走下樓的一行人擦身而過，隊伍最前頭有手電筒的光。但一行人之中有誰，或是有幾個人都無法知道。

「這位客人，能否請先在一樓大廳集合呢？不好意思麻煩您配合。」

如此說道的是花澤經理的聲音，大概是在引導房客下樓吧。

「老公，你在嗎？請問若林在不在？杉之間的若林。」

若林夫人朝著緩緩下樓的一行人說道。沒有人回應。一名嬰兒哭了出來，她才知道是住富士見之間企圖自殺的一家人。這麼一來，丈夫究竟去了哪裡？

雖然沒有什麼迫切的危險，但不知道丈夫身在何處令若林夫人坐立難安。黑暗之中充滿了危急的要素，夫人感覺似乎沒有丈夫在身邊的話，就不知道自己還能活過幾秒。

「老公！老公！你在哪?!」

若林夫人邊走邊大聲呼喚著丈夫。

「志保，這裡，在這裡。」

經過的客房裡傳出丈夫的聲音。

「唉呀，是隔壁的房間。你到底在這裡做些什麼？」

若林夫人牽著清子的手，進到了楓之間。兩個面對面的影子正喝著啤酒。

「真是的，居然跑到隔壁房間來，你在做些什麼啊？」

丈夫一面給對面的男子倒酒，一面帶有酒意的回答：

「這個嘛，白天的時候在浴池認識了這個人，就約了要一起喝一杯。」

「唉呀，這真是了不起救人方式啊。」

「別這麼說。那邊的房間裡好像已經有人在處理了，而且妳看起來心情不太好。這種時候，像這樣跟不認識的人喝酒最好了。對吧？旅人。」

「是啊。」男子用清醒的聲音回答，伸長了脖子看著門口的黑暗。

「欸，妳跟誰在一起啊？」

丈夫眯起眼睛問道。

「就是那個小說家的妻子啊！因為她遭到很過分的對待，所以我才帶她回房間。」

「真是，妳也上了年紀哪。」

清子打斷了丈夫的話。

「我，並不是他的妻子。我是……。」

剩下的變成了啜泣聲。眼睛不論過了多久還是不適應這黑暗。若林夫人一面搖搖晃晃，一面拉著清子的袖子示意她坐下。

旅行的男人沉默著。若林夫人察覺到這沉默是為了將重大的秘密藏起，這才想起剛才小說家和清子爭執時所說的話。

「唉呀，你們，該不會是……。」

男子更加沉默，女人則繼續抽抽搭搭地哭著。

「妳真的是很多管閒事，到底怎麼了？」

若林夫人感覺到丈夫的嘴唇近到像是能咬住耳朵，將身子向後挪。

「阿政，我，我……。」

清子的聲音講不出半句話，只有無法說出口的哀傷在黑暗中持續堆砌著。

男子喝完玻璃杯裡的酒後，維持單腳盤坐的姿勢慢慢移動到清子身邊。

男子將清子遮著眼眸的手掌拿開，雙手包住她小小的臉蛋。

清子一面啜泣，一面像是要看清楚看不見的東西般抬起下巴。黑暗中男子的手摸到清子比別人漂亮的眉毛，觸碰長長的睫毛，撫摸著鼻樑，指頭停在尖尖的下巴，然後無力地盤坐回去。

「我，不認識這個女的。妳認錯人了。」

男子毫無感情地說道後，粗魯地沿著牆壁離開房間。

「都是因為你跑到別人的房間來喝酒才會這樣。」

「少胡說八道，明明是妳干涉別人的隱私。」

夫妻倆一人一邊扶著清子，像是在黑暗中爬行般走出房間。

「老師，怎麼了？不舒服嗎？」

我被女侍的手電筒燈光照到，跌下了長椅。

「呀—，不好了，老師生病了！快來人啊—！」

女侍從樓中樓的看台往下面的大廳喊。

我想弄清楚這裡是那裡，但不管用沉重的腦袋怎麼想，四周都只是一片漆黑，甚至覺得搞不好視神經已經壞掉了。

我是怎麼了？不是我做了什麼，而是我怎麼了？

我回到房間，把安眠藥和鎮定劑以及制酸劑混著不知哪來的強身飲料喝下去——到這裡我都還記得。一面想著睡吧、冷靜下來吧、打起精神吧、胃好痛等等，然後全都喝了下去。

我忽然覺得很不舒服吐了一地，要是不吐出來說不定會死人。

自己大概是在沒有意識的時候出房間求救的吧！然後來到電梯廳，就倒在長椅上了。

看到遠處走廊盡頭緊急出口的綠色燈光，我稍微放心了下來。

天空發出咻咻的聲音。我有種身在密封箱子中的感覺。就像捉迷藏裡的陣地一樣，在特別規則下定出只有這裡是安全地帶一般，讓人感到不安的安憩。

在黑暗中吵吵地拖地跑步的聲音傳進耳裡，我的鼻子聞到酸甜的古龍水香味。這個味道稱自己為「小岡」，想必是那個外表與眾不同的小二。

不知為何腳步聲聽來像是終點前的最後衝刺。我感到要是一直維持摔倒在地板上的姿勢的話頭似乎就會被踩過去，於是拼命爬起來。

「老師，沒事嗎？不可以死。」

「我還真想去死哪。喂不要搖我，會很難過。」

「不可以死。小岡，還想看更多，老師的書。」

心想這傢伙還真會說話時，我這才想起發行了〈道義的黃昏〉英文版的那間心地善良的出版社，所以岡薩雷斯也不是在講客套話而已，我重新改正剛才的想法。

去年年末在我忙得天昏地暗的時候，有個講關西方言的外國人來訪，我們三兩下就談妥了出版事宜。

畢竟這是完完全全、百分之百的不勞而獲，加上感覺好像很了不起。首先，我對英文翻譯一竅不通，所以一點都不會擔心成果。

後來，對方透過不太認識的出版社送來了契約書，但可怕的是上面全都是英文，所以我在簽名後面蓋上登記印章後，再附上印章證明就寄回去了。

那之後音訊全無。

「老師的書，在馬尼拉，是暢銷書喔。〈TWILIGHT OF JINGI〉，大家都有看喔。」

女侍像是激勵我似的說。

敗給他們了，那搞不好其實是關西新派系的賺錢手段。我心想，還是不要太去過問比較好，畢竟那是不勞而獲的收入。

「那樣的書有什麼好看的？」

我不屑地說道。

「不過就是埋頭把自己喜歡的女人說的枕邊細語寫進稿紙而已。那種東西，根本稱不上是小說。」

「阿妮塔……有聽懂？」

岡薩雷斯問，阿妮塔很順暢的翻譯給他聽。畢竟我用的是相當高程度的日文，所以一下子要翻譯也很難吧。

結果岡薩雷斯莫名地佩服了起來。

「路上的，阿哭匈西恩[42]，最厲害了。」

我現在向上天感謝我不懂英文這件事。

42 action scene。

「陳腐和無聊的程度，是最厲害的吧！」

「不—不—，杯裡固[43]喔，老師。小岡看了好幾遍。老師的書，弱的人，會贏。窮人，會變有錢。是比聖經更有力量的書。」

岡薩雷斯拼命說著。就他所說的來論，在已經沒有弱者和窮人的日本來說，我那盡寫著陳腐的人情義理的故事，在他們國家卻有很高的接受度。我想，那也許是一種對埋頭將文字寫進稿紙裡的不純小說，所抱持的正確閱讀方式吧！

「對啊，是比聖經還要有力量，畢竟耶穌基督並不像我這樣孤獨。祂有許多能理解祂的人，而且祂也有聖母瑪利亞。」

我搖搖晃晃地站了起來。腦袋漸漸清醒後，我想起了一件又一件該做的事。

從看台望下一樓大廳，到處都有蠟燭的火光，簡直就像平安夜。

每個人都是一副讓人起疑的模糊面孔，各說各的。不論是黑道或掌櫃們，飯店人員和廚師還有料理長、退休的菁英，山手那令人反感又無所事事的婦人，以及今晚說不定會自殺的一家人，他們好幾十人聚集著，感覺就像從觀眾席看著後台似的吵吵鬧鬧。

「唷，阿孝，喝太多了嗎？」

仲叔靠在椅子上，從人群中央抬頭看我。

---

43 very good。

扶著欄杆走下樓梯的我就像是在花道上亮相，一下就回擊道：

「這可真是正中了叔叔的下懷呢，這種難堪的感覺還是我有生以來第一次。果然老爸的遺言是正確的——黑道就是黑道。」

黑田跑上前來，將踉蹌的我從肩膀抱住。

「阿孝，不要說這種話，人這麼多。」

我把黑田的手揮開。

「你叫我，阿孝？少那麼親熱的叫我。我不知道你是叔叔的手下還什麼的，反正對我來說你只是個外人。話說回來，電話在哪邊？」

女傭人們將用大鍋子煮出的飯糰端了出來，還從房間裡拿出酒和下酒菜擺在桌子上，大廳像是開派對般熱鬧。

黑田撐著我，搖搖晃晃地走到櫃檯坐下。我拿起話筒，用模糊的視線撥號。

富江該不會是去看電影了吧？不，搞不好是去清子的公寓做飯了。

我聽著遙遠的電話鈴聲，內心拚命祈禱富江會接電話。

「喂，這裡是木戶家。」

富江離開故鄉三十幾年了，但還是留著口音，聽到那聲音我的內心是一陣悸動。

「喂？阿孝？是阿孝吧？」

「我明明沒出聲，妳怎麼會知道？」

「我當然知道了。阿孝，不是常常這樣嘛。怎麼了嗎？」

「還會是怎麼了，我整個被仲叔騙了。不，是一直都被他騙了。」

「你怎麼了？喝醉了嗎？不可以喝太多喔。」

「呵呵，我把所有的藥都吃下去之後就吐了，還差點就死了呢。」

「咦！」

富江發出有如心臟停止的叫聲。我似乎可以看見她像一個粗劣的玩偶般呆站住的樣子。

「別擔心，我開玩笑的。倒是幫我發個傳真，可不要像之前那樣把整個傳真機都寄過來。我要妳用傳真機把資料發過來。」

「那個，我不知道我看不看得懂。你工作用的書都很難。」

「妳一定知道，只有這樣東西妳看得懂。把我的日記發過來。」

「咦？日記嗎？」

「對。從我七歲的時候開始，把那些全都一張張撕開發過來。」

「要撕下來嗎？到底要做什麼？」

「要怎麼用是我的自由吧，畢竟人生是我自己的。總之這三十年份的日記每一張都要發過來。」

富江有段時間都不說話。我以為是電話線斷了，拼命叫著富江的名字。

我至少叫了十遍，富江才終於用沒什麼精神的語氣回答。

「喂，富江。別掛電話，不可以擅自掛電話喔。」

「怎麼了？阿孝……你怪怪的。」

「拜託妳別掛斷。再多跟我說一些話，我想聽到妳的聲音。不管什麼都好，跟我說話。對了，小時候妳不是常常會說嗎？山婆婆的故事或是河童的故事……。」

「到底是怎麼了？阿孝。那裡發生什麼事了嗎？不會是跟清子小姐吵架了。」

「跟阿清一點關係都沒有……對了，我到底在幹嘛。我再跟妳連絡。」

我將寫在吧台的傳真機號碼告訴富江後，就把電話掛上了。壓抑的情感充斥整顆腦袋，令心跳用力敲擊。

黑田拿著啤酒瓶和玻璃杯走了過來。

「來，喝一杯回魂酒——。」

我將黑田手中的玻璃杯打落。黑田沒有生氣，反而是有些無奈的撿著碎片。我抓住黑田粗大的脖子壓在吧台上。

「喂，她到底在哪裡？」

「你指誰？」

「少耍人了，把人當白癡也有個限度。不就在這裡嗎？在這黑漆漆的飯店裡。到底藏在哪裡了？」

「所以我問你是指誰？」

我邊忍住噁心，努力將字擠了出來。

「我母親啊！生下我……生下我然後又把我拋棄的，母親啊！」

突然，黑田將他的大眼睛睜得更大，好幾次像是要回答但雙唇卻又僵硬住。我用拳頭敲打著黑田厚實的胸膛。

「被那個喜歡上有夫之婦、沒人性的仲藏給帶走的我的母親啊！老爸也隱瞞得真好啊，怪不得連相簿裡的照片也都剪得看不出來了。因為自己不想再看到第二次，同時也不想給自己兒子看到吧。」

「你想太多了，頭目絕不會做那種事……。」

「我管你說什麼。我在這裡的期間你們是把她藏到哪裡去了？還是你們設計要讓我們來個灑淚重逢？不管怎樣，你們做的事情還真是骯髒啊。」

從櫃檯深處的黑暗裡傳來嗶的訊息音。我的人生穿過遙遠的黑夜被送到了。

腦海中突然浮現富江在書房裡，對著機器發出的訊息一邊擔心發抖一邊送日記過來的樣子。

我過去都不允許富江介入自己的煩惱，她也只能一直那樣伺候我的人生。那真是十分具有象徵性的身影。

對於那無可取代、唯一的一個家人，究竟除了毆打、踹她之外，還有什麼方式可以去愛她呢？雖然不會有人相信，但我總是用想擁抱富江的心情毆打她。在這世上知道我這份矛盾的，恐怕就只有我自己，以及富江了吧！

「阿孝，你再等一下。」

我趴在吧台，黑田將手放在我的背上說道。我把臉埋在手臂裡大喊道：

「我跟你說別隨便那樣叫我！木戶孝之介這五個字啊，跟其他的三流文人為了好聽而想出來的廉價筆名是不一樣的。這名字可是我老爸發自內心的祈求，希望我不要變成做內褲的而是當個讀書人來命名的，這可是很珍貴的名字……你叫我再等一下，是還要等多久？三十年我可不能接受。」

「不，就十分鐘。只要再等十分鐘就好了。」

光是用想的就幾乎會崩潰一般，一面忍受著這三十年最後的十分鐘，我把黑田推進黑暗裡。果然我的動物的第六感是正確的。我的直覺告訴我，昨天站在東屋的老闆娘就是母親。

我也覺得在半夜的戶外浴池偷看我，隨後逃走如白色怪物般的那個裸體也是母親。

還有——剛剛那個雞婆的老太婆為了幫清子處理傷口而到這裡時，從裡面出現的老闆娘的那雙白皙美麗的手，我更是近距離確認過了。毫無疑問地，那是唯一留在我記憶裡的母親的手。

對我來說，要推測出這三十年發生了什麼事是相當容易的。

就像從動作片裡面跳出，仲叔穿著看起來像是混混的開領襯衫，將巴拿馬帽戴在後腦杓上。不知從哪裡冒出來，成日遊手好閒的仲叔。

總是擺出一副大哥的樣子教年輕工人們不好的遊樂方式，然後被父親很狠罵一頓的仲叔。

但是，那份帶著胡來的年輕又十分具有魅力。至少，比起一整年都在縫紉機前動也不動，說有多無趣就有多無趣的父親有魅力多了。

雖然不知道是故意的還是自然而然演變成這樣，但是母親捨棄了家庭。父親為了從我腦海裡奪走關於母親的記憶，將相簿中的全家福剪碎，娶了跟母親毫無相似之處的富江。然後，三十年的歲月過去。不只是我自己，還有其他人也都——。

不知從哪邊的遠處傳來玻璃碎裂的聲音，掌櫃們抱著塑膠布和三合板衝上樓梯跑去。

「請各位不用擔心，在這裡很安全的。請稍微忍耐一下。」

花澤經理做出手勢說道。不過雖說忍耐什麼的，其實也沒有任何人感到不愉快。

仲叔將啤酒換成摻水威士忌，和大曾根兩人喝得正開心。而他們身後的沙發上，則是那雞婆的老太婆在認真聽著清子述說自己的過去。

那老太婆一副愛管閒事的德性，老公也是一個樣。雖然不知道內容，但是看得出來那對給人感覺陰沉的夫妻正在說教。

女侍們驟變成舞女，和大曾根的小弟們一起吵鬧。梶料理長和服部師傅則是為了換酒杯及上冷盤忙進忙出。

不論哪張面孔都看起來相當快樂。

突然，用像是欣賞時空錯亂的中世紀諷刺畫般看著宴會的我，發現在旁邊的觀葉植物的陰影裡有一名可疑的男子在偷窺大廳的情況。

男子穿著有兜帽的雨衣，然後從懷中拿出某種東西。我因為太暗看不清楚，但他垂下的指尖發出了些微「喀嚓」的聲音。

從加入自衛隊起就是槍枝狂熱者的我，馬上分辨出那是左輪手槍扣上扳機的聲音。但是，在我混亂的腦袋裡，只把眼前看到的當作是電影中的一個場面。不，就以要發現這是現實來講，也未免來的太過突然了。

男子用兜帽遮住臉，從樹影後面走出。只見他走了兩三步後突然向前衝，大喊：「木戶！受死吧！」並開槍。像是敲打金屬洗臉盆的底部一般，手槍「磅」地發出低沉的聲音。

仲叔不愧是身經百戰。他維持坐著的姿勢將椅子往後倒，沒有向後退而是馬上朝側邊閃躲。我不知道仲叔為什麼會知道這樣的動作。那跟我在自衛隊接受戰場的魔鬼訓練時所教的基本動作一模一樣。接著，仲叔巧妙地閃過第二槍。在動態射擊裡雖然要追擊縱向移動的物體很容易，但如果是橫向移動的話要瞄準就不容易。

在場的人盡是發出尖叫逃竄。就連我雖然心想仲叔說不定會被殺掉，但當下只能趴在那裡看。

此時，我理解到當人遇到狀況時，光要保住自己就自顧不暇了。像連續劇裡當替死鬼或是幫人擋子彈那種事，在現實裡根本是不可能。

殺手雖然第三槍也射偏了，但和仲叔的距離逐漸拉近。最後，殺手追到階梯下的暗處。

就在此時——一個人影從看台的階梯上躍下，將殺手壓倒。那簡直就像野獸從樹幹高處襲擊獵物一樣。

殺手握著槍的手被高舉過頭，兩人扭打成一團並滾了兩三圈。隨著一聲槍響殺手也被制伏了。

「殺了我啊！下不了手嗎?!」

殺手喊道。

「喔，我這就如你所願了。這是隨便找上門的懲罰，你就尋仇不成反被殺。受死吧！」

男人說道，把左輪手槍用力頂在殺手的咽喉上。

「政，住手。」

仲叔一面整理浴衣一面站起來，勸解似的說：「就算你讓子彈貫穿他的喉頭也不會有個結果。查一下他是混哪裡的，然後交給警察就好了。算帳總是要慢慢來吧。」

「是低。」旅人回答道，維持射擊的姿勢跨在殺手身上，在昏暗之中瞇起眼睛。清子呆站著。

「阿政，住手。不要再這樣了。」

清子說道並合起雙手。

能說明下個瞬間的事情之所以發生的人，大概只有政男、清子以及我了吧！當然，也許再也沒有說明的機會也不一定。

男人一下將右手從懷裡抽出來，一邊的肌膚露出白虎的刺青。

槍口頂著殺手的咽喉。政男面對清子，不知從哪來的笑容堆滿臉上。突然，他毫不猶豫地扣下了扳機。

17

「總不會我們七代以前的哪個祖先，
曾經讓某個和尚破戒了吧？」

——乖僻小說家忽然說出令人不寒而慄的話。

世界停止運轉了。

硝煙渾濁地飄在蠟燭的火焰間，人們遠遠地圍著屍體和殺人兇手成一圈。全部的人什麼都沒想也什麼都沒說，只是佇立著。

第一個從長時間的沉默裡醒過來的是嬰兒。以這為契機，世界開始漸漸地、有如冰塊開始溶化般一點一點地動了起來。

我搖搖晃地起身，推開玄關的門走到乘車處。我將身體靠在坡道的欄杆上，因為支撐不了體重而一屁股跌在水窪中。一躺下來之後，汗水一口氣全流了出來。

感覺彷彿世界上所有的債務都一筆勾消了。不光是金錢，還有愛恨情義什麼的，記錄在名為人生的簽收簿上的一切有價值的借貸全都清算完畢。那幾乎是會讓人感到害怕般萬事功德圓滿的感覺。

天空不可思議地掛著滿月，夏季星座也閃耀著光芒。沿著山頂，厚厚的雲層捲成漩渦的形狀。風從天上筆直地向地面吹下。

我不知道自己這樣維持了多久。感覺到有人影後往上一看，仲叔正站在那裡。

「今晚事情還真夠多的哪。」

仲叔在我的頭旁邊坐下。

「還沒結束呢，叔叔。這是颱風眼，馬上又會開始刮風下雨了。」

才剛說完，東邊的雲就潰散開來侵襲藍色的夜空。風壓過整片森林吹了過來。

同時我心中的憤怒被激起。

「叔叔你要是被殺掉的話就好了。結果，又一個年輕的生命為你犧牲。」

仲叔面著風說道：

「來殺人結果反被殺，這也不能怪誰。」

「不是那個，我是在說那個叫做政男的旅人。」

仲叔沒有回答。我一面規避自己的責任，一面又責怪仲叔。那個男人到底是為誰犧牲，這點仲叔是不可能知道的。

仲叔一副真的是舉雙手投降似的，發出「嗯嗯」的聲音然後沉默。

我繼續躺著，將手背浸在水漥裡，想著這樣的事：

仲叔的父親也就是我的爺爺，在那代以前我們都有著共同的祖先。這個家族經過了數十代、數百代存在著。我們的血從遠到會令人感覺超脫現實般的太古開始，一直傳承下來。

本來應該是用級數並如樹枝一般增殖下去的家族，卻只剩下我們兩個且走向滅絕。這樣的不合理讓我無法克制地感到十分恐懼。

「總不會我們七代以前的哪個祖先，曾經讓某個和尚破戒了吧？」

我把腦中想到的事情說出後，仲叔像是釋放出所有疲勞般垂下肩膀。大概他也在想同樣的事情吧。

「果然是這樣嗎？其實我一直都覺得不太對勁。我啊，過了四十之後突然張開了眼睛一樣，在那之前渾渾噩噩的日子簡直就像假的，那時我不管做什麼都很順利。原本我想，唯一有血緣的你也會是像我這樣的呆子，結果你卻……果然木戶家也到此為止了吧，我們就像接力賽的最後一棒。難怪我會覺得累。啊啊，我受夠了！受夠了！」

仲叔一直說著受夠了，一面抓著白頭髮倒在水泥地上躺成一個大字。我把腳伸直，用腳踝去踹仲叔的頭。

「喂，你不要自己跑去死啊，你這混帳老頭。這算什麼來者不拒的俠義之士啊？有人找上門就讓他來，大不了就是沒辦法收拾。你要是就這樣死了的話，我是要怎麼辦啊？」

「哈哈哈，那還用說嗎，我所有的財產都留給你。真是太好了呀，阿孝。」

「一點都不好！」

我對著夜空怒吼。

「唉，別這麼說，又不是每天都這樣。」

「廢話，要是每天都出人命還得了。不對，不說這個了——。」

我翻身過去，和仲叔的頭形成一個直角。

「先不說這個，叔叔。不管怎麼說這樣不是太過分了嗎？你是想讓我們見面，還是想一直隱瞞下去？哪一個？」

「……說實話，我還在猶豫要選哪邊的時候你就來了。要是先打個電話來就好了，你這隨心所欲的傢伙。」

「你少亂說，我會生氣喔！」

「哈哈哈，畢竟這三十年都沒有穿幫，沒想到卻會在這次被你發現。」

我跳了起來，抓住仲叔的衣襟。原本因為聊天而平息不少的怒火，由於仲叔這一笑又全部爆發出來。

「笑什麼笑！你老是這樣傻笑，現在是該笑的時候嗎？」

「因為我又沒化妝所以沒辦法掩飾啊，這就跟你總是很焦躁是一樣的。如果不笑的話就會哭出來哪。」

仲叔說道後又笑了起來，我則朝他的臉奮力毆打。儘管仲叔的鏡片破碎、鼻血飛濺，他還是一直笑著。

高舉的拳頭被人從後面抓住，我回過頭去。

「住手吧，阿孝。算我拜託你。」

黑田將我的手腕往上提起，阻止我繼續。

「這不干你的事。叔叔他自己心裡清楚為什麼會被我打，他就是因為知道所以才讓我打的吧。」

「不是這樣子。真正跟這件事無關的人的是頭目，應該給阿孝打的人，是我。」

「啊？」我轉過身和黑田面對面。平日的那股氣勢從黑田的仁王臉上消失的無影無蹤。看起來就像佛陀的臉，我想。

我的腦海裡浮現出今早的夢境。

「你……是你把我母親帶走的。在一個小孩子面前讓他的母親坐在後座，然後載走的人，就是你嗎？」

原本在天空灑著光輝的月亮被雲吞沒，一下子四周變成只看得到影子的黑暗。仲叔僅抬起脖子，像是聽天由命似的說道：

「唷，阿孝你這渾小子，記得還挺清楚的嘛。果然你這傢伙原本就很聰明啊——戲已經唱不下去了，旭，還是投降吧！」

一聽到旭這個名字，披在我記憶上的薄膜，又一片被撕了下來。

對了，那個跟小林旭同名的旭。他是以前住在廠裡，負責將貨物綁在機車後座載送的員工。後來他完全變成仲叔的小弟，每晚都跑出去跳扭扭舞。星期六晚上則變成雷鳴族，是工廠的問題兒童——旭！

黑田幾乎是進退兩難般，抓著我的手腕垂下頭去。仲叔盤坐在地上，擦掉鼻血說道：

「噢噢，真痛。真沒想到這把年紀了還要挨年輕小夥子的打——不過啊，我們已經到了這個年紀，你也是會分是非的年齡了，如果這樣繼續下去實在太教人不忍。所以，我想就趁這個時候講清楚吧。只是沒想到才剛邀你，你馬上就來了。畢竟你是紅牌作家嘛，好像很忙的樣子。其實想一想，只要有紙筆就可以工作，還真是方便的賺錢方式啊。啊啊，累死我了。」

「當然會累。幫人安排私奔，而且還照顧了三十年。話說回來，老爸知不知道啊？」

「他知道啊。」

「你騙人。」

「我沒騙你。我們還一起去請求你父親原諒，甚至辦了離婚。」

「那種事我根本沒聽說過。」

「喂，阿孝——你以為這會說給小孩子聽嗎？這種事在戰前可是會被抓的。要是在江戶時代的話除了遊街，還會被處以磔刑[44]。」

仲叔伸出手尋找眼鏡，把被壓扁的鏡框戴到鼻子上。

「那樣老爸未免也太可憐了吧。就算被兒子問也只能裝作一問三不知，就算把他的嘴扯裂也不說出母親的下落。他到死為止都閉口不言，從早到晚只是踩著縫紉機，就這樣埋在四角褲堆裡死了。我會生氣也是理所當然的，是吧，叔叔。」

「這個嘛——你要打我我也沒話說。只是說我安排整件事情就太過頭了點，不過阻止你去追你母親的人確實是我。就像這樣，把你抱住時摸到你那顆鏟兒頭的觸感，現在都還留著。」

仲叔說道，將手掌攤在膝蓋上。

果然那個夢境全都是真的。當時在都電街上抱住我的仲叔，他那麻料褲子硬硬的感覺，我都清楚地想起來了。

44 古時分裂肢體的酷刑。

仲叔顯得有些不服氣地說道：

「埋在四角褲堆裡死掉又不是什麼多慘的事，每個人的人生本來就不一樣。而且你的話，有天也會埋在稿紙堆裡吐血死掉吧。」

「不要把稿紙跟四角褲相提並論。」

「都一樣啦！你不管說話還是待人，急性子或是世故，都跟你那掛掉的老爸一個模子。不過是把四角褲換成稿紙而已。那種男人的另一半，會是以什麼樣的心情過日子——只要問那個性感的秘書就知道了。」

仲叔藉由這樣說，巧妙地責備父親並替母親辯護。真是多麼恰當，又多麼高明的表現手法。

我絕不是因為這句話而懷疑父親的尊嚴，只是也理解了母親的處境。我就像是聽到西行法師[45]的和歌那般，無法克制地佩服。

「千惠，過來吧！」

仲叔朝著黑暗叫喚。我感覺心臟像是揪成了一團。那是至今為止，只跟小說裡面登場角色擁有相似程度的真實感的母親名字。

玄關的門前站著一個身穿和服的身影對我彎下了腰。突然，我的嘴像是我以外的生物一般，開始惡言惡語：

45　西行（1118-1190），是僧侶也是詩人。

「嘿嘿，你可別亂開玩笑喔。出了人命之後，來個叫人流淚的見面嗎？有先打電話給電視台真是太好了是吧？喂，那裡的老太婆，妳眼睛有沒有瞎掉啊？給我拿著短棒去追麻雀看看啊。」

一直都不發一語站在旁邊的黑田在我耳邊插嘴道：

「阿孝，不要用這種方式講話。千惠子她沒有一天不說阿孝的事。」

「你不要隨便把阿孝或是千惠子這兩個名字掛在嘴邊！把別人的家庭搞得亂七八糟的傢伙，這裡沒有你發言的權利！給我閉嘴！」

我站起來將黑田撞開，光著腳丫子啪噠啪噠地發出聲音走向老闆娘。

理所當然地，我腦中並沒有出現那是我母親的真實感。我感覺到心中那塊堅硬的核，第一次離開身體在那裡顯現出姿態。

深深對看彼此之後，我狂亂的心像被風拂過的草原般安靜。我跨越了三十年的歲月，站在夏季的都電街上。

「妳去哪了？」

我問母親。

我能在那一片漆黑的輪廓上，完整描繪出和我分別當天的母親的面貌。

就這麼一句話，母親遮住了臉。白皙纖細的手像是暗夜的路標，從袖口掉落出來。

「要是不知道妳在哪裡的話，不就連信都不能寫了？」

母親依舊用兩手遮住臉回答道，用跟夢裡相同的聲音說道：

「我怎麼可能告訴你我人在哪裡。」

「我有去找妳。六年級的暑假，我說想見媽媽結果被老爸揍了一頓。然後整個暑假，我都在找妳。」

「你說找我？」

「我想了一些媽可能在的地方，像是三越[46]的和服賣場，神田車站的剪票口，須田町的都電停靠站，順天堂的等候室等等，每天每天……。」

「怎麼會……你又不可能知道我在哪裡。」

「暑假的最後一天，我一路走到神保町，當時我筋疲力盡，然後在三省堂[47]的人潮裡面想到了一個點子。對了，我只要把信寫成書就好了。讓媽不管在世界上的哪間書店都可以買到。」

「作業，一個字都沒寫吧？」

「嗯。因為我都沒在寫作業，所以最後也沒考上大學。不過——媽媽出的作業我有好好寫喔。」

「作業——是什麼？」

「……妳忘了？不會吧？」

46 指三越百貨公司。
47 日本連鎖書店店名。

我照著夢中母親所做的，拉住母親的手貼到雙頰上。除了回憶，那雙手顯得很粗糙。

「拜託妳快想起來。不會真的忘了吧？媽。」

前院吹起了風，母親將臉別到一邊去。

我轉身一躍碰到玄關的門，接著跑進大廳。

櫃檯裡被發過來的傳真給湮沒。我越過吧台，將能抱住的傳真紙一把抱起，或揮舞或拖曳著羽衣一般，再度跑到屋外。

「媽，妳看。這三十年來，我沒有漏掉任何一天。」

「我不知道……有這回事。」

母親跪在被重重丟出的傳真紙上面。我一面看著母親困惑的表情，一面想著或許只有這件事情是一場夢。

「分別的時候妳不是這麼說了嗎？——對了，我有個好提議，你每天都要寫日記喔。只要哪天媽媽看到了，就知道你每天都在玩什麼遊戲、吃些什麼，還有怎麼長大的這些我就會知道。懂了嗎？一天都不可以少喔。——妳不是這麼說的嗎？不要裝作不知道。好了，快看吧。我自從被媽拋棄了之後，就是這樣長大的。來，快讀吧！從第一頁開始到最後……。」

仲叔伸出雙手將我環抱住：

「她已經知道了，阿孝。夠了，已經都知道了。」

「怎麼會知道？她哪有可能會知道？快看啊，發出聲音唸啊！對了，那個歪七扭八的字啊，是小學四年級的時候，騎腳踏車跌倒結果右手骨折，邊哭邊用左手寫的喔。這邊的嘛，是在自衛隊的演習中，在戰壕裡一面發抖一面寫的。我不管是發燒還是喝到爛醉，甚至是被女人甩掉的當天晚上，都還是有寫喔。」

「她已經知道了，阿孝。不要再為難你媽了。」

「我沒有為難她。比起寫，用看的不是比較簡單嗎？快唸啊，快唸出聲啊！」

「你他媽的夠了沒！」仲叔朝我的臉上打了一拳。那是頸椎幾乎會聽到聲音、十分強勁的拳頭。

雨開始橫打下來。母親趴在地上像個瘋子般的拼命收集四散的紙張。

仲叔將我的頭髮抓住並提起來，用打雷般聲音說道：

「你囉唆個屁啊！就是因為這樣每天練習，所以才有今天的你不是嗎？父母交代的事是不會有錯的！」

世界停止了。

硝煙渾濁地飄在蠟燭的火焰間，人們遠遠地將屍體和殺人兇手圍成一圈。所有人什麼都沒想也什麼都沒說，只是佇立著。

一聲槍響，將世上所有稱為理由的藉口都吹散了。

那裡只有一個生命的消失，以及一個男人墜入了無止盡的黑暗。如此像盤岩一般的事實。

男子搖晃著身子站起來，握住手槍，看向腳邊由滿溢出來的黑色血液所形成的海。

花澤經理靠著旁邊的牆壁站起身來，搖了搖服部師傅的肩膀。服部師傅抬起臉，舉起凌亂的白衣修行者服裝的袖子，確定自己的身體都還是完好的。

花澤經理張開還沒聚焦的眼睛，唐突地低聲說道：

「服部，我要遞辭呈。」

「是嗎？……這也是沒辦法。」

「不，不是那樣。我是要對皇冠飯店提出辭呈。」

服部並沒有露出驚訝的樣子，回頭看向花澤經理。

「那個，你不是像什麼所謂的自暴自棄，或是一不做二不休那樣吧？」

花澤經理閉上眼睛，輕輕搖頭否定了服部師傅的話。

「雖然不該在這種場合說，但也不知為什麼剛剛我下定了決心。在改變心意之前，我得先告訴別人。」

「那麼，花澤先生——」服部師傅用像是我知道了般毫無猶豫地說：「能不能順便，再拿一封過去呢？」

「喂喂，我可沒要你陪我一起。」

「不，我也很中意這裡。暫時就讓我在這學些東西吧！」

小田島仙次蹲在離兩人有些距離的沙發背後，用雙手抱著妻子和孩子們。

「我放棄了，放棄。」

小田島雙手使盡了力，像是擠出來似地說道。

「是啊，老公，又不是真的會要人命。」

小女孩用認真的眼神對著母親：

「回家吧，我要去醫院，要去透析。」

若林夫人在桌子下抓著丈夫的胸口，張開眼睛：

「太好了呢，老公。那些人似乎打消念頭了。」

丈夫呆滯地張著眼，只有嘴唇在動：

「不，這又不是我去說服所得到的結果。啊啊，總覺得腦袋一片空白。不過，既然決定的話，就不能放著不管——明天起我要去上班。」

「咦？上班？」

「墨東大樓維護，是他的公司。處理債務可是我的專長。」

「怎麼，老公你又何必做到那樣……」

「我以前可是新洋商事的財務主任，過去都是我在管整個集團共一百四十間公司的資產。像那樣的一兩間小公司都沒辦法處理的話，我臉是要往哪擺？」

若林先生說道，然後像是要提振士氣似的一拳敲在地上。若林夫人趕忙將手提包拿過來。

「老公，我啊，有件事想跟你說……」

「妳可別說什麼無聊的小事。在這裡談私事可不恰當，再怎麼說畢竟是有人死了哪。」

丈夫緊緊握住若林夫人要打開提包銅扣的手。

當縣警的警車到達時，淡紫色的晨光已渲染整座大廳。

警方簡單俐落完成現場蒐證，屍體也載走之後，飯店內像是團體客離開了般相當的寂寥。

刑警們開始對所有目擊者一個一個偵訊。那口氣不知為什麼，或者該說會這樣本來就是理所當然。原先刑警都是很高壓式的語調，但當若林夫婦據實說完到住宿為止的經過後，突然轉變成很有禮貌的說話方式。

「看來各位實在不曉得回答偵訊的要領哪，每個人都一副激動的樣子。」

老刑警用十分同情的眼神看著若林夫婦。

「那是正當防衛啊，刑警先生。我從這個位置看到整件事情的始末。要不是那人捨身跳下來，沒有人知道我們會變成什麼下場。」

「就算你那麼說，他還是殺人了吧？殺了人就是殺了人。」

刑警將丈夫的證言一字一句寫下並說道：

「況且，動手的那個人現在還是假釋中啊。不過前幾天才出來的吧？之前的案子也是扯到殺人，所以說是正當防衛也不太能讓人接受哪。」

「不，我跟他啊，昨天有小喝一杯。他是個很有禮貌、感覺十分堅強的好男人啊。」

刑警用記事本的書皮敲著額頭笑了出來。

「有什麼好笑的嗎？」

「不不，抱歉。到了他那種年紀加上待在牢裡有十幾年的話，不管是誰都會變得很有禮貌的。再說，不是夠堅強的人的話，也沒辦法殺人。」

若林先生握緊了膝蓋。

「請問，我有什麼可以為他做的事嗎？」

「這個嘛，請你去找律師談吧，這不是我們能告訴你的。不過看這事情的經過，木戶那老頭應該會找個好律師吧！」

刑警拿起原子筆，指了指正在樓梯下跟鑑識人員說明情況的木戶頭目。

若林先生因心中那份無法說出的焦急感講不出半句話，若林夫人則很清楚丈夫想要表達的事情。

「不管怎麼說明，你們這些人沒有住在這裡是不可能會知道的。」

若林夫人因為看不下去從旁插嘴說道。

被銬上手銬及綁上腰繩的嫌犯，在警方包圍下走下樓梯。男子在大廳中央停下腳步，接著向四方深深地低下頭。

男子換上西裝，看起來一點都不像犯罪者且態度威儀堂堂。行完禮後只說了句：「驚動各位了」。

「先生，請你等一下。得付完錢才能走啊。」

男子看向櫃檯說道：

「喂，木戶先生。這錢要怎麼算啊？」

「這種事用常識去想吧。因為是救命恩人所以免費，啊！」

把認識的刑警瞪回去後，木戶頭目早一步走向警車。

「不過啊木戶先生，你運氣還真好哪。好手好腳，而且沒被銬上手銬卻還可以坐警車。」

「你少亂扯了，走啦。哇啊，好久沒坐警車了呢，真是令人興奮啊。」

送行的人們聚集在玄關。被戴上手銬的男子跟在木戶頭目後面走出去時，小說家撥開人牆跌跌撞撞走了出來。

小說家的浴衣前襟敞開，簡直像是屍體復活般落魄的樣子，一直喊著：「等等、等等。」接著將男子從脖子緊緊抱住。

就算警察要把兩人拉開，小說家也一直用雙手牢牢抱住兇手的頭，沒有要放手的意思。

「不要這樣，老師。這跟你沒有關係。」

「怎麼會沒有關係？我們一直都是在一起的。雖然你可能不知道，但是我們每天晚上到天亮都是在一起的。」

「我不懂你在說什麼。」

「不懂也沒關係，總之今後我們也要在一起。我在很晚的時間才工作，又馬上就去吃拉麵或看深夜節目，所以工作沒什麼進展。」

男子用戴著手銬的手握住小說家滿是泥土的浴衣袖口，說道：

「你一定要好好寫啊，老師。畢竟你的書在裡面可是暢銷書。」

小說家在男子肩上點頭。

「有沒有，希望把什麼寫進去的……？」

「這個嘛——就寫女人和小孩都得到幸福的內容吧，這樣很不錯呢。以懲罰來說，這是最好的了。這種小說不太有人寫，能寫的就只有老師你了。我的希望，就只有這樣。」

「我知道了，我一定會寫的。一定會是個讓人幾乎反胃的快樂大結局，會是可以拍成ＮＨＫ早晨連續劇的作品。敬請期待。」

「走了！」刑警催促著，硬是把男子帶走。從山稜線射出來的曙光，把前進的路拓展開來。

「感謝您的惠顧，期待您的下次光臨！」

女傭人們排成一列低下頭來，齊聲說道。

「志保，稍微休息一下吧。這裡風景真棒啊！」

若林先生坐在路旁倒下的樹木上等著妻子。

儘管汗如雨下，丈夫也絕對不脫掉上衣或把領帶鬆開，這是他年輕時就有的習慣。

「啊，好舒服的風——」

若林夫人一面將手帕放在臉上，懷念地回過頭望向樹林間若隱若現的飯店。

那是飄浮在繡球花叢上的——夢之碉堡。

過了急轉彎，陸軍制服的土黃色的接駁車開了下來。大曾根的手下們都用令人害怕的表情沿著窗戶緊緊排成一排。

在夫妻倆面前緊急停車後，因為喝了回魂酒心情愉快的大曾根探出身子來：

「一起坐車吧，用走的到車站太累了啦。」

若林先生坐著彎身行禮，露出滿臉的笑容。

「不了，難得有這個機會，我想跟內人一起走。反正我這年紀也不用急著往前走。」

「是嗎？那麼，就再見了——啊，對了，如果有什麼事的話，隨時說一聲啊。關東櫻會可是俠義團體哪，新修訂法根本連個屁都不是。啊——啊啊——，至少有一個人，是個像這樣的傻子。」

留下規矩的合唱聲，巴士繼續向前開去。

若林夫人將手帕披在倒下的樹木上，和先生並肩坐下。一面看著山被暴風雨洗滌過後的翠綠，有好段時間只是不發一語地玩弄著手提包的銅扣。

「話說回來——妳本來要跟我說什麼？」

若林先生摘下眼鏡，擦著眼窩的汗，

「是什麼？要抱怨嗎？」

「不，不是要抱怨。是更重要的事。」

「是喔。」若林先生眨了眨眼。

一輛大紅色跑車留下引擎殺氣騰騰的吼聲，在林間道路往上駛去。車上一對年輕男女臉上的沉重表情映入若林夫婦眼底，夫妻倆不約而同看了彼此的臉。

「再住個一晚嗎？」

「這個嘛，可能得住上兩三晚。」

看著跑車遠去後，夫妻倆覺得有趣地笑了好段時間。

「剛才的話就這麼被打斷了。妳啊，是不擅長抱怨的人。因為妳都不會很乾脆的說出來，所以就算想吵也吵不起來。結果在心裡留下疙瘩。」

「就說我不是要抱怨，而是更重要的事情。」

「是嗎？——那就說吧。妳是個夫唱婦隨的老婆，而我則是一直在外戰戰兢兢的丈夫。彼此要吐苦水的話根本沒完沒了，所以都背負著各自的辛苦過生活不是嗎？雖然說我們都上了年紀，不，就是因為已經上了年紀，這就是所謂夫妻間的守則。不是嗎？志保。」

若林先生用認真的語氣說道，然後像是不想聽任何回答似的起身，快步走去。只見他自己擅自走掉之後又回過頭，大聲責備道：

「妳在幹嘛啊？不是妳自己說要走的嗎？妳不打起精神走的話我可是很傷腦筋的，畢竟我現在已經沒有秘書也沒有屬下了。」

「是，是。」若林夫人站了起來。打開銅扣，從手提包底部拿出折在裡面的文件。

「兩張變四張，四張。四張變八張。八張，變成十又六張……。」

就像是模仿著小時候去廟會時那些攤販的語調一般，若林夫人將文件撕碎。

「喂，志保。妳還在幹嘛？要走了。」

「等等，老公。不要留下我一個人。」

將紙片像是要穿過晴空似的撒出去，紙片散往各處，變成白色、淺桃紅色、紫色等淡淡的花的顏色，隨風而去。

飛到飯店那去吧，一定會變成一株繡球花的。若林夫人像個少女般如此想。

後記

各位辛苦了，這三天兩夜不知是否玩得愉快呢？

因為是我這個安排的旅遊行程的新手，如有招待不周之處還請多多包涵見諒。

雖然剛剛說自己是新手，但其實也早就是「老鳥新手」了。我因為太過頑固所以闖了不少禍，導致長時間懷才不遇。這次承蒙德間書店的盛情以及該社的芝田曉先生的大力協助，才能企劃出這樣一個全新的旅程，在此個人致上無限的感謝之意。

現在回想起來，我還是孩子的時候，突然有一天就決定朝寫作這條路走去了。不過可惜的是，我的動機並不如昨晚一起住宿的當紅作家——木戶孝之介先生那般單純。

換句話說，就是像銀行搶匪忽然想要犯下案子那樣。

因為我的動機不單純加上使了不少力，所以只徒長了不少年紀吧！

光陰似箭歲月如梭，我已經永遠失去被稱為「天才」或是「神童」的機會了，這點只要照照鏡子就很清楚。而我這次決心要被人們稱為「大師」或「文豪」，因此就陷得更深了。

當然，要論述這次創作的過程的話，用「苦節二十年」來比喻一點也不適合。而用「白髮三千丈」也不太恰當，這也只要照照鏡子就明白了。簡單來說，我不過就是個「麻煩鬼」而已。

各位所住宿兩晚的「監獄飯店」，對我來說是花了相當多的心思經營夢之飯店。那裡凝聚了不可思議的負能量。是個野蠻、粗暴、超越常識，決不能掉以輕心的可怕地方。可是有的時候，在一般世間的道理來說無法解決的煩惱，卻能藉由負面世界的能量輕易地開導、化解。我的目標，就是這樣把社會上時常發生的事情描寫出來。

這段旅行的記憶，若是哪天能像住宿的婦人所扔出去的煩惱的碎片一樣，成為一株繡球花綻放在各位心中的話，就再也沒有比這更令人高興的事了。

最後雖然有些離題，乖僻作家「木戶孝之介」這個名字的由來，是我用了二十幾年，但每次投稿都不會被採用的筆名。先不管人生究竟要靠運氣，還是要努力，但執著可以顯現一切似乎是肯定的。

接下來，深山溫泉飯店即將迎接閃耀著新綠的季節，然後渡過妝點著美麗楓紅以及中秋的明月，接著將埋在深深的雪裡。

那麼，期待您的再次光臨。

一九九三年一月吉日

淺田　次郎

監獄飯店全體員工敬上

解說

草野滿代

每回閱讀淺田老師的小說，內心深處就會像有針在扎一樣痛。

我不知道他本人在執筆的時候是刻意還是無意，但看起來，淺田老師筆下小說中的男人們都在測試女性的肚量。我自己是看過淺田老師所有作品的超級書迷，最先接觸的作品就是這本《監獄飯店》，當時就隱約感覺到了這一點，這次重新閱讀過後，又有更清楚的體認。

下面來談談那些登場的男性角色吧。

首先，是因為寫黑道小說而一舉成為暢銷作家的小說家木戶孝之介。他是個不管別人說什麼，都視為不懷好意的乖僻人種。而他這種個性或多或少是因為職業的關係，所以心理上會比較敏感。

第二位是身為孝之介叔叔的仲藏叔。他是名符其實的黑道老大，同時也是度假飯店的老闆。「仲叔那張臉不論到了幾歲，總是會散發出一種男性的魅力。他的臉自然而然述說著他過去如何不務正業和極盡享樂。」另一方面，擁有濃厚人情味的仲藏叔，也相當得到手下的信任。

接著是花澤經理。在毫不知情下被派到「監獄飯店」的他，因為過去一個微不足道的火災事件而出醜，甚至變成讓飯店蒙受巨大損失的元兇。之後，他在各個不重要的地方飯店間遊走。他身為飯店人的那股正直特性，不知為何總是反過來咬他一口。

其他還有在巨大的身體上有顆大頭的岡薩雷斯；做溫泉旅行的若林夫妻，妻子想趁先生退休的機會提出離婚……要把所有人物一一列出來的話是列不完的。

總而言之，接二連三的登場人物，每個人都有一個明顯的「特徵」：他們無法順利度過現在的時代潮流，只有堅強的意志力比他人多一倍，也比他人頑固，儘管拚了命向前衝卻總因為一些失敗而得不到回報，並且他們的外表都是屬於不引人注目的類型。

但是，不論多麼粗暴或超乎常理，你總是可以在裡面看到真心的溫暖。

「要是不能看出這種男人的魅力的話，妳也不是什麼了不起的女人嘛。」淺田老師就像看穿了這一點，他筆下小說厲害的地方，也許就是在這裡。

「我討厭禿頭！」「年收入不到一千萬以上的休想。」「糟老頭臭死了！」

這陣子，我聽到在涉谷街上接受訪問的年輕女性所說的話，彷彿每句都刺進我心中。不去省視自己、傲慢的「挑剔女性」真是何其多啊！——這句話也有我用來警惕自己的用意。在人與人的交集愈來愈淡薄的過程之中，男女之間的關係也不例外；能在完全知道對方的為人之前，就坦率交往的人大概沒有幾個吧！可是，在到達坦率交往的階段之前，往往連一些相處上的小摩擦就無法諒解對方，是多麼令人悲哀的一件事。如果「監獄飯店」裡登場的角色出現在涉谷街頭，不知會如何呢？大部分的涉谷女性應該會覺得不想跟他們扯上關係，而站在一旁圍觀吧。

「就算有些落伍，或是有些笨拙又怎麼樣？偶爾也要放輕鬆，開開心心走下去。」淺田老師所描寫的男人們總像是在問我：妳知道人情味和人的有趣之處會讓人生變得豐富嗎？妳會不會被亮麗的外表，或是設計過的言語所迷惑呢？妳是不是個能夠愛著男人的本質的女人呢？……

當我在聚餐時提到這件事，同席的男性友人們這麼回答：「若是女人受到考驗的話，男人會得到勇氣喔！」

我想起了仲藏頭目對著那位說要負起責任，而準備切斷手指的花澤經理講道理的場面。仲藏頭目說：「善惡是不分大小的。」對於固執且單純，因為正義感比人多一倍而吃苦，比任何人都還晚出人頭地又得不到賞賜的花澤經理來說，這句話深深動搖了他的內心。

這世上盡是不合理的事。

讓赤阪飯店泡水的花澤，之後似乎拒絕了眾議員的募款餐會，且又提供套房給養老院的團體客人。一般上班族總是將如何有效提高公司利益視為第一目標，因此同事們將花澤接二連三引發的事件當成笑柄，也是很自然的。但是他們每個人也知道，不論再怎麼嘲笑，自己不可能比得上花澤。也許他們內心某處還羨慕花澤充滿正義的作為呢！當然，這是出自我個人期望的推論。

但是，像這種總是得不到回報的人該說是可悲嗎？因為這種人通常在現實生活中，往往得不到幫助。

淺田世界裡，就是這麼鮮明地點出對這些不講理和不合理的反擊。

仲藏頭目接著又對花澤這麼說：

「我想你是這麼認為的吧：由不特定多數人所使用的設施，不論是銀行也好，百貨公司也好，甚或飯店也好，每個人必須都有為公眾服務的心。這一點也沒錯，而社會也該如此。能力愈高的話就愈要懂得如何運用，不然不容易坐穩位子。」

仲藏頭目雖然用字粗魯，但花澤卻在這位看透自己內心並給予肯定的頭目面前低下了頭。花澤飽嚐長年流浪的飯店人心酸，因為仲藏頭目看出他的付出而得到救贖。人通常無法對抗不講理和不合理的事情，但是，只要堅持信念拚命活下去的話，總有一天一定能看到希望之光；就算鮮少受到回報，但只要有人能看見事實就好了。

多年後再讀這部作品，我有個十分在意的地方，那就是若林夫妻。若林雖然是在退休隔天因為妻子的提議而去溫泉旅行，但他不知道其實旅行有另一項目的：妻子要藉機提出離婚協議書，報復長年只埋頭工作的丈夫。然而不巧的是，他們投宿到了專門提供給俠義團體的「監獄飯店」。

妻子原本打算放鬆地泡在溫泉裡，然後不疾不徐提出離婚協議書，但這計畫不但失去了實踐的機會，夫妻兩人還被捲入各種人的人生連續劇裡。妻子對丈夫的評語也相當驚人：「那個活著只為發達，只會保住自己，像狗一樣又膽小的男人！」夫妻應該是因相愛而結婚，但經過了幾十年後妻子竟會這樣認定丈夫，對於沒有結過婚的我來說真是十分恐怖。但妻子對丈夫的感情，在和「監獄飯店」裡每個人的奇妙互動中漸漸改變，那過程又令我不禁覺得十分可愛。

如果是原本的丈夫，對於過去百依百順的妻子表示的些微意見，應該會用高壓的責罵來應對，但他最後也意外變得會聽妻子的話。對於這點，最訝異的是若林夫人。從世人的角度來看，丈夫是上市公司的主任，妻子則是在背後默默支持的家庭主婦，本應是對理想的夫妻。但是，妻子每天早上送走了出門上班的丈夫之後，思考的卻是丈夫不值得當人來尊重，而想要報復他，這點真讓人悲哀。將地位和名聲視為存在價值的丈夫，以及輕視那樣的丈夫的妻子，兩個人冰冷的心藉由「監獄飯店」裡人們的關係而漸漸融化。而原因就是「俠義」和「冥界」，這兩個常被避諱的詞。被丟進那裡的人，起初是害怕，然後將至今束縛住自己的價值觀的鎧甲卸下，進而發現真正的自己。就像淺田老師在後記所寫的那樣，以一般世間的道理無法解決的煩惱，藉由負面世界的能量，輕易地開導化解了。

最了解「被捲入的幸福」的人，或許就是若林夫婦。妻子過去只看見冷酷無比的丈夫，卻沒看到他的另一面——儘管因身為負責財務的職員而清楚公司的黑暗面，但他也是內心深處擁有滿滿責任感的企業戰士。此外，丈夫顯示出了男子氣概，想去救打算自殺的一家人，還展現出老練紳士的風範，對妻子說出：「所以都背負著各自的辛苦走下去不是嗎」的道理。這是因為被捲入「監獄飯店」所以才能發現的寶物。若是只有他們兩人在人生道路繼續走下去的話，也許就沒辦法真正了解彼此了。若林夫人最後將放在手提包裡的離婚協議書偷偷拿出來，然後撕碎扔出去，是我最喜歡的一幕。或許這可以稱為人們在了解對方後所產生的感動吧？只要閉上眼睛，就會感到似乎有一股炙熱的東西自內心湧上來。

女人在如此超出常理、有個性的男人面前被測試肚量，男人則得到能甩開體面、外表及障礙的勇氣。「監獄飯店」是一間能讓各自懷抱隱情的男女，輕易卸下心防的不可思議的飯店。

淺田老師，下次也請讓我住一晚吧！